Puteando Con Mis Amigas

Perla Gizem

No te conformes solo con la realidad, lee fantasía y escapa a donde nadie más llega...

TABLA DE CONTENIDO

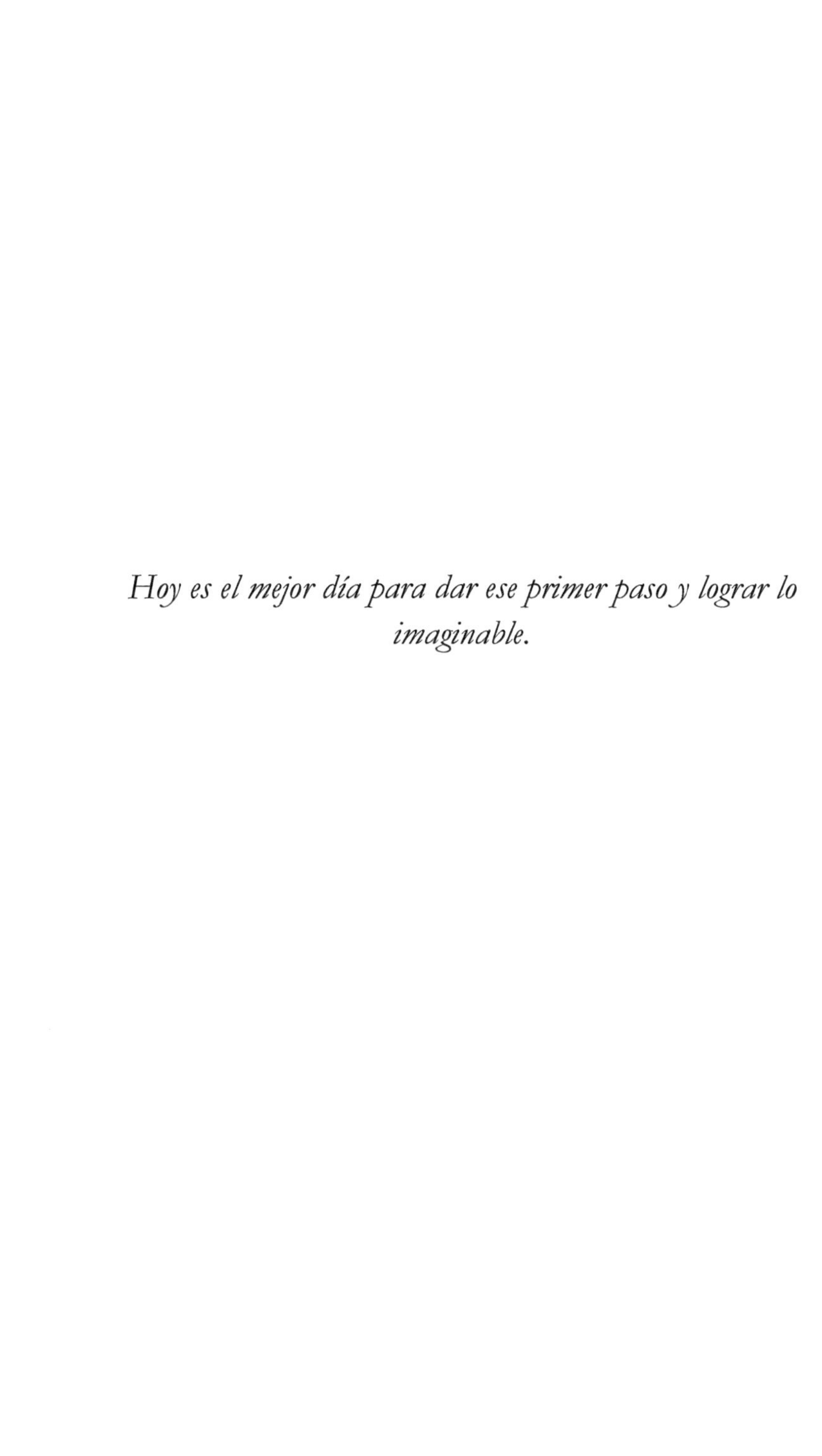

Hoy es el mejor día para dar ese primer paso y lograr lo imaginable.

1. EL REENCUENTRO

Cristina camina un poco apurada, son las 4 de la tarde y ha quedado en verse con sus dos mejores amigas justo a las 4 en punto en un café en el centro de la ciudad. Cristina es una mujer joven, delgada, un tanto atlética, con cabello castaño ondulado y unos ojos grandes y saltones que llaman demasiado la atención y que generalmente inspiran ternura.

Las amigas de Cristina son Verónica y Aurora, ambas ya están en el café y esperan por ella. Las tres se hacían llamar *Las Strong Sisters* durante su juventud cuando cursaron estudios juntas en la universidad.

Hoy se cumplen exactamente 10 años desde la última vez que se reunieron las tres. En aquella oportunidad tuvieron una especie de fiesta de graduación privada, celebraban varias cosas además de haber culminado sus carreras universitarias. En ese entonces, Verónica se marchaba al exterior donde se casaría y viviría con el hombre de sus sueños, mientras que Aurora estaba por comenzar su carrera como profesora, había recibido una invitación para una entrevista de trabajo para un puesto en un colegio católico y aparentemente todo había salido muy bien.

Para ese momento las tres eran mucho más jóvenes, rebeldes y alocadas… les gustaba salir y divertirse juntas, pero hasta el día de hoy no se habían visto de nuevo.

Cristina apura su paso al bajarse del metro, no tiene automóvil, considera que es una pérdida de dinero además que contaminan el ambiente; prefiere andar a pie, usar bicicleta, o en ocasiones tomar el metro, como lo hizo esta tarde.

— ¿A dónde va tan apurada la señorita? —Pregunta un mendigo al que Cristina le pasó por el frente al doblar la esquina justo en la salida de la estación del metro. Cristina solo sonrió de manera forzada y siguió su camino.

Hoy, a sus 36 años, Cristina es una mujer que luce bastante joven, incluso hay quienes no creerían que tenga más de 25. Es activista en pro del feminismo y los derechos de la mujer, y aunque detesta los piropos de calle, no es la típica apasionada que discute con el primer imprudente que le dirige la palabra para halagarle su físico, y en este caso el mendigo no había sido tan grosero como suelen ser la mayoría de los hombres cuando una mujer bonita les pasa por el frente.

Cristina cruza la calle y al llegar al otro lado casi resbala con un charco de aceite de motor que comenzaba en el asfalto y terminaba en la acera para los peatones.

—No solo contaminan el ambiente con su humo, no les basta con eso, entonces también ensucian las calles por donde pasan y ahora también las aceras para quienes andamos a pie. ¡Qué fastidio con la gente y sus carros, no tienen conciencia!

El hecho de que Cristina no sea alguien de ponerse a discutir con extraños en la calle, no significa que no se lance sus monólogos de vez en cuando, donde expresa sus frustraciones y sus molestias como quien piensa en voz alta.

90 segundos después, ya un poco más calmada, aunque con la respiración un tanto agitada por la caminata apresurada, Cristina finalmente llega hasta la entrada principal del café donde la están esperando Verónica y Aurora.

— ¡Amiga, años sin verte! ¡Estás bellísima! —Exclama Aurora cuando la ve cruzar la puerta de la entrada del café y dirigirse hacia la mesa donde ella y Verónica la estaban esperando.
—Aunque me dé un poco de envidia, debo admitirlo, estás muy bella. —Agrega Verónica con la boca llena de torta de chocolate. Cristina sonríe, y cuando trata de sentarse, tanto Verónica como Aurora se levantan de sus sillas y se terminan fundiendo en un profundo abrazo grupal.
—Parecemos Las Gemas de Cristal, basta de tanto empalagarnos,

es hora de sentarnos y hablar de todo lo que nos hemos perdido en los últimos 10 años.

Habiendo dicho esto, Verónica tomó a Cristina y Aurora de las manos y las colocó a ambas en sus sillas.

—Querrás decir que basta de abrazarnos, porque si de dulces se trata, dudo mucho que te aburras. —Comenta Aurora en un tono un poco sarcástico.
—No seas malvada. Después de todo, ¿a quién no le gusta el dulce?
—Añade Cristina con un aire un poco reflexivo y conciliador.
—A todos nos gusta, a unos más que a otros, pero a todos nos gusta, es cierto. Pero es que lo de Verónica ya es obsesivo.
Verónica, con sus 90 kilos y su 1.60 de estatura solo pudo sonreír como quien se declara culpable de comerse tres trozos de torta en apenas 5 minutos.
—Yo a esta gordita la adoro, y la verdad es que las he extrañado mucho durante todo este tiempo. Pero a ver, creo que ya es hora de ponernos al día, tenemos muchas cosas que contarnos.

Cristina, con un brazo en el hombro de Verónica no paraba de sonreír por volver a ver a sus amigas después de tanto tiempo. En su juventud, hace ya una década, todas estudiaban en la misma universidad, en ese entonces Cristina lucía muy similar a como se ve hoy día, es de esas mujeres que pareciera tener el poder de no envejecer.

Por su parte, Aurora siempre ha sido la mayor del grupo, hoy tiene 46 años, sin embargo, siempre ha sido la de mejor figura a pesar de que no es una mujer muy coqueta, por el contrario, es más bien reservada, incluso un tanto conservadora.

—Yo no lo digo por criticar, mucho menos por ofender. Lo digo por su propia salud, y no es ni siquiera por las consecuencias a largo plazo, es que Verónica en serio es capaz de comerse kilos y kilos de dulces en un mismo día y después se queja de indigestiones y cosas así.

Mientras Aurora lanzaba su comentario reflexivo, Cristina y Verónica le devolvieron una mirada en común que pretendía demostrarle que de verdad no era momento para hablar de esas cosas, y ella lo entendió perfectamente.

—Está bien, sé que tenemos años sin vernos y que lo mejor es ponernos al día. Muy bien. ¿Por dónde comenzamos? —Dice Aurora con una mirada de resignación que se fue transformando en nostalgia.

—Aurora. —Dice Cristina mientras la toma de las manos— Me dolió mucho lo sucedido a Armando, ya han pasado años y todavía me cuesta creerlo.

Aurora se recompone, muestra una sonrisa amable como si hubiera podido reiniciar sus emociones y llama a la mesera.

—Para ser honesta, todos los días lo extraño, hay mañanas en las que de verdad siento que todo es un juego, una broma, o incluso alguna especie de sueño, pero la realidad es que debo aprender a vivir sin él, entender que se ha ido, y seguir adelante.

Armando, el esposo de Aurora falleció hace un par de años, ninguna pudo ir a su funeral porque todas estaban muy lejos, y además cada quien ocupada en lo suyo.

—Eso es, amiga. Brindemos por Armando, por los gratos recuerdos y por esas experiencias que jamás olvidaremos. —Exclama Verónica sosteniendo un trozo de torta, el tercero que comía desde que habían llegado al café.

—Claro, como la vez que nos encontraron fumando en el baño y lo mejor que se te ocurrió para que no nos descubrieran según tú, fue tragarte el cigarrillo.

Verónica se sonroja y luego se queda mirando de reojo a Cristina.

— Bueno por lo menos fue mejor tragarme el cigarrillo que todas las cosas que tú y tus amiguitas liberales se tragaban antes de que nos conocieras a nosotras.

— Y aquí vamos de nuevo, *Las Strong Sisters* empiezan discutiendo, luego casi lloramos, después reímos y decimos que no debemos pelear, para que un par de segundos más tarde, volvamos a discutir.

—Pues sí, así somos amiga. No hemos cambiado en nada. —Le

responde Cristina a Aurora— y a ti Verónica, solo puedo decirte que todo lo que yo me haya metido a la boca seguramente jamás lo disfruté tanto como tu gozas devorar un trozo de torta.

— *¿Hola, desean ordenar algo?* —Pregunta una mesera muy joven y delgada, un poco tímida.

—Ay, señorita. Si fuera por mí ordenaría un chico joven, guapo y musculoso. Pero parece que lo más parecido a algo sabroso que tienen es torta, y ya me he comido tres.

Aurora ríe un poco y mira a Cristina como preguntando si ella desea pedir algo.

—Si es muy amable me trae un vaso de té bien frío, por favor. —Responde Cristina a la mesera que enseguida anota su pedido y se marcha por su orden.

—Aquí tratando de recordar tantas anécdotas alocadas, la verdad es que nunca me quedó muy claro aquello del cigarrillo. ¿Me refrescan la memoria? —Pregunta Aurora.

— ¡Claro! Exclama Cristina. —Qué vas a estar recordando, si estabas siempre atenta de salir con Armando. Segurc mientras nosotras estábamos fumando en el baño en ese momento, tú y él estaban en algún salón desocupado haciendo cosas que mejor no digo.

Armando fue el novio de Aurora de toda su vida, a su lado vivió muchas experiencias, especialmente sexuales, y tanto Cristina como Verónica eran sus confidentes, pues, aunque Aurora siempre fue la mayor, fue realmente la última de las 3 en explorar verdaderamente su sexualidad y encontrar plenitud en ella.

Sin embargo, todas las personas siempre guardan para sí algún secreto, como el recuerdo que justo en ese instante pasaba por la mente de Aurora, que a través del vidrió del café, pudo ver en la calle a un joven que por alguna razón le recordó a Armando en sus tiempos universitarios.

Por aquel entonces, Aurora y Armando vivían un romance que como toda relación tuvo altas y bajas, pero que mantuvo la llama del placer siempre encendida. Hacían el amor casi todos los días, y les encantaba practicar lo que ellos llamaban un *"rapidito ilegal"*, que no era más que tener relaciones sexuales en los lugares menos pensados, obviamente durante sesiones de amor muy breves.

Hoy, Aurora reunida con sus amigas de toda la vida, comienza a recordar para sus adentros y con detalle cómo fue aquella vez que Armando la hizo suya en el mismo baño en el que ellas fueron encontradas fumando. Fue una mañana de abril, la universidad estaba generalmente repleta de alumnos excepto en el lapso preciso de 9 de la mañana hasta mediodía porque eran los juegos universitarios y la mayoría se iba al gimnasio o al estadio; y los pasillos, los salones y casi todos los espacios de la universidad en general, quedaban desiertos.

Aquella mañana de abril que Aurora recuerda hoy con mucho detalle, comenzó con Armando tapándole los ojos y diciéndole al oído: *"Quiero hacer algo alocado"*.

Acto seguido al susurro convertido en invitación, la tomó de la mano y la llevó hasta el baño de mujeres. A Aurora le parecía tan arriesgado e indebido, como excitante. El solo hecho de imaginar para qué la estaba llevando hasta allí hacía que su vagina se humedeciera de manera tal que dado el momento del *"rapidito ilegal"*, la penetración y el coito fuesen tan cómodos como placenteros.

La pegó contra la pared y la besó apasionadamente. Cuando el beso le comenzaba a resultar hipnotizador a Aurora, Armando la volteó, la colocó de espaldas a él, le subió la falda y le bajó las pantaletas, agachándose detrás de ella para darle también un suave mordisco en una de sus firmes y redondas nalgas.

Aurora no podía calmar su respiración acelerada, y cuando sintió la embestida abrió sus ojos como quien entra a un cuarto oscuro, y posteriormente se mordió los labios a medida que Armando la iba penetrando con su grueso pene.

Durante aquellas sesiones intensas, las erecciones de Armando parecían de roca. No tenía el pene demasiado pequeño, tampoco muy grande, era un tamaño más bien regular en cuanto a longitud, pero lo grueso, venoso y bien firme que se presentaba durante el acto sexual, hacían del pene de Armando todo un deleite para Aurora.

Armando la siguió penetrando con fuerza aquella mañana al mismo tiempo que desde atrás apretaba sus senos y le mordía el cuello, era como una violación donde la víctima disfrutaba ser abusada. Armando no paró de meter y sacar su pene hasta que sintió que no aguantaba más, tomó a Aurora del cabello, la hizo arrodillarse con la boca bien abierta, y derramó todo su semen en su lengua y en sus labios, para luego ver cómo una parte de su carga se derramaba desde el mentón hasta los pechos de Aurora, mientras la otra ya había sido tragada por su muy sumisa y complaciente amante.

Hoy, Aurora se sonríe y sonroja recordando en silencio aquella experiencia sexual con Armando, mientras Verónica interrumpe a Cristina:

—A ver, no seas necia. Déjame contar mi anécdota y deja de robarte el *show*. —Agrega Verónica mientras Cristina solo ríe y se encoge de hombros. —La cosa fue así: nos gustaba fumar en el baño a escondidas, eso ya tú lo sabes, pero en esa oportunidad, por alguna razón a la profesora Moncada le dio por entrar al baño. Era obvio que todo el lugar apestaba a cigarrillo, no habría manera de ocultarlo, y entonces lo que se me ocurrió fue que podríamos culpar a alguien más, decir que no fuimos nosotras, que cuando llegamos el baño ya estaba lleno de humo, pero mientras se me ocurría tan brillante idea, vi que tenía el cigarrillo en la mano, así que decidí tragármelo.
— ¿Qué? ¡Estás loca, Verónica! —Exclama Aurora mostrando una ligera indignación que se fue extinguiendo entre carcajadas.
—Esa no es la peor parte. —Agrega Cristina— Lo peor del caso es que Verónica seguramente creía que me iba a poder contar su plan telepáticamente. Es decir, ella en su mente se armó toda esa

coartada de que no éramos nosotras, que alguien más ya estaba fumando cuando nosotras habíamos llegado al baño, pero jamás me la comentó.

— ¿Y cuál es el problema con eso? —Pregunta Aurora.

—Pues que nuestra querida amiga no podía hablar por haberse tragado el cigarrillo y hoy me sigue culpando por no haberle dicho a la profesora Moncada todo ese plan loco y muy poco creíble que ella se había armado en su mente.

— ¿De verdad era tan difícil entender que ese era un plan perfecto? ¿Por qué la profesora Moncada no me hubiera creído? Si todos en esa universidad fumaban. —Pregunta Verónica en tono de reclamo.

—Sabes muy bien que no se trata de si la gente fumaba o no, sino que sencillamente estaba prohibido. Además, ¿cómo te iban a creer si olvidaste apagar el cigarrillo antes de intentar tragártelo? No sé qué fue más obvio, si todo el humo que salió de tu boca mientras intentabas aguantar la quemadura en tu lengua, o que cuando finalmente no pudieras aguantar más, terminaras escupiendo la colilla casi a los pies de la profesora.

Verónica estalla en carcajadas, Aurora solo la mira con gesto de desaprobación, pero luego sonríe también, y la mesera, al traer el té de Cristina, termina por regalarles una sonrisa, como jugando a ser cómplice de un momento gracioso que ignora.

—Bueno, no podemos negar que fueron tiempos gloriosos. —Agrega Aurora— creo que nadie se divirtió más que nosotras en esa universidad.

—Definitivamente. —Comenta Cristina mientras asiente con la cabeza para luego tomar un sorbo de té.

Y así fueron transcurriendo las horas, lo que comenzó como una tarde entre amigas que tenían años sin verse se terminó transformando en toda una tertulia de mujeres con una cantidad increíbles de anécdotas.

Comenzaron tratando de ponerse al día unas con otras, de

contarse lo que se supone no sabían, pero terminaron realmente recordando cosas que vivieron juntas las 3. Conforme fueron pasando las horas, el sol comenzó a bajar, y cuando eran ya las 6 de la tarde con un ocaso hermoso que se podía apreciar desde la mesa donde estaban sentadas, Verónica lanzó una propuesta que nadie pudo rechazar.

—A ver, amigas. Teníamos años sin vernos, yo creo que va siendo muy justo y necesario ir por un trago, o hasta dos, para terminar de amenizar esta reunión, ¿no creen?

Cristina se encoge de hombros mientras Aurora la ve buscando alguna respuesta en ella, ya fuese aprobación o desaprobación, alguna señal para no ser ella quien respondiera la sugerencia de Verónica.

—Vamos, no sean aburridas. —insistió Verónica.
—Está bien, pero que sea solo un trago. Nada de estar armando una parranda hasta la media noche ni nada por el estilo. —Agregó Aurora, quien siendo la mayor *de Las Strong Sisters*, siempre había fungido como esa figura autoritaria, algo así como la capitana del equipo cuando de tener la última palabra se trataba.

Llamaron a la mesera, le dejaron buena propina, y tal como en sus mejores años, en su época de juventud rebelde y alocada, se fueron todas en el auto de Aurora hasta un bar que estaba a apenas un par de cuadras del café donde se hallaban.

Ya casi eran las 7 de la noche, Verónica de nuevo comenzaba a tener hambre, pero eran mínimas comparadas con sus ganas de embriagarse y divertirse. Verónica acababa de divorciarse de su supuesto adorado esposo al cual descubrió con otra mujer en su propia cama matrimonial, y hoy, tal vez por reencontrarse con sus amigas o por tener aún muy reciente el dolor de la ruptura, no podía sacarse de la mente la imagen que la llevó a separarse de su hombre ideal.

— ¡Hoy vamos a beber hasta que el cuerpo aguante! —Exclama

Verónica desde el asiento trasero del KIA de Aurora mientras pensaba en la cara de placer que la amante de su esposo mostraba cuando los descubrio. Ella estaba en posición de perrito mientras Adolfo la penetraba con mucha fuerza, haciéndola gemir muy fuerte, y por alguna razón, por muy desagradable que resultaba la sensación de ser engañada, Verónica no podría negarse a sí misma que la escena fue muy excitante.

—Nada de inventos, Verónica. Recuerda que por lo menos yo debo levantarme bastante temprano mañana. Si ustedes desean parrandear hasta tarde, ya eso es cosa de ustedes, puedo llevarlas hasta donde quieran ir y luego irme a casa, pero la verdad yo no pienso acostarme tarde hoy y mucho menos embriagarme, así como dices.
—Pero qué aburrida te has vuelto, Aurora. Tú no eras así. —Responde Verónica en tono jocoso sin parar de recordar cómo se movían los pechos de aquella rubia a la que su esposo, un hombre joven y atlético de pectorales grandes y bien definidos, penetraba tan fuerte que podía oírse en todos los rincones de la casa.

Verónica sacude la cabeza, piensa en comida para ocupar su mente en otra cosa y luego todas ríen recordando que en sus tiempos de estudiantes universitarias no les preocupaba la hora de llegada, las salidas eran hasta el amanecer casi siempre y jamás representó un problema, pues *Las Strong Sisters* podían ser muy alocadas y fiesteras, pero jamás faltaban a un compromiso y nunca evadían una responsabilidad. Siempre cumplían con sus deberes así tuviesen que ir a ver clases con resaca o incluso exponer proyectos amanecidas y tomadas.

Antes de irse al bar que ya habían decidido visitar, fueron por unos tragos a un local donde podían comprar licor de manera exprés sin tener que bajarse del vehículo, algo parecido a un McDonald's que en vez de comida vendía cocteles.

El KIA de Aurora es gris, como casi todos los autos últimamente. Cristina es ecologista y sabe de la contaminación que los autos producen, pero nunca será el tipo de persona que desprecie un aventón y mucho menos si el viaje significa compartir con sus amigas de toda la vida.

Por otra parte, Verónica es dueña de un Audi que no puede utilizar hasta tanto no se hayan solventado sus papeles del divorcio. Hace meses que inició el proceso, pero resulta que todo es muy lento y burocrático y debe esperar para poder circular en su adorado bebé.

—Si no fuera por el estúpido de Adolfo, esto no pasaría.
—Tranquila amiga. Confío en que pronto podrás solventar ese detalle de los papeles y antes de que te des cuenta ya estarás de nuevo disfrutando de tu hermoso vehículo. —Responde Aurora a las quejas de Verónica.
— ¡Es que no se trata de comodidades o lujos, se trata de que ese auto es mío! —Exclama Verónica algo molesta.
—Tú sabes que así son esas cosas, toman más tiempo del que realmente deberían. —Afirma una Cristina que jamás ha sido muy amiga de los procesos administrativos.

Entran en la cola del establecimiento, el KIA de Aurora luce brillante, lujoso. Es un auto común, no tiene casi nada de especial excepto que es casi nuevo y es el auto que Armando siempre quiso que ambos tuvieran. La relación de Aurora con Armando siempre fue muy especial, se conocieron de adolescentes, ambos perdieron su virginidad el uno con el otro, y jamás estuvieron con otras personas sexualmente sin el consentimiento del otro. Una relación sin igual donde de vez en cuando permitían la presencia de uno que otro invitado para tríos y orgías.

Cuando ya es el turno de *Las Strong Sisters*, Verónica se altera al notar que quien va a atender el pedido de Aurora es un chico joven y apuesto.

—Buenas noches, señora. ¿En qué podemos servirle? —Pregunta el joven de manera muy amable con una sonrisa radiante que hizo suspirar a las tres en el automóvil.

—Mira mi amor, tú puedes serme útil de muchas maneras. La pregunta sería en cuáles estás dispuesto a serlo, y en caso de que deba pagar algo por ello, ¿Cuánto sería? Porque la verdad es que estás muy bello y yo sería cap…

Verónica no había terminado cuando Cristina se volteó desde el asiento del copiloto para taparle la boca y dejar que fuese Aurora quien ordenara. Con las dos manos sobre los labios de Verónica, Cristina logró callarla por unos segundos, evitando así lo que ella catalogaría como una vergüenza.

—Nos da tres mojitos, por favor. —Dijo Aurora al rubio caballero que dejaba ver unos portentosos antebrazos.

— ¿Todo eso es tuyo? —Alcanzó a preguntar Verónica luego de llenarle de saliva los dedos a Cristina para lograr que, por causa del asco, ésta la soltara.

— ¡Pero hay que ver que eres bien asquerosa, Verónica! — Exclamo Cristina mientras se limpiaba los dedos con mucho asco. Verónica solo reía, para ella todo era tan solo un juego. El joven muy amablemente sirvió los tres tragos y cobró el servicio a Aurora, quien apenada no subía la mirada mientras Cristina estaba que estallaba.

—No sé ni para qué acepté venir, olvidé por un segundo que, aunque ya estamos mayorcitas, existen personas que en vez de madurar parece que tienen una especie de regresión. Cristina estaba totalmente indignada, encolerizada, mientras Aurora quería ser tragada por la tierra y Verónica por el joven empelado del establecimiento del que ya se alejaban de prisa.

— ¡Vámonos directo al bar antes de que me arrepienta y cambie de opinión y las deje a las dos aquí botadas! —Sentenció Aurora unos segundos antes de que Cristina y Verónica estallaran en una sonora carcajada.

— ¿Se puede saber qué es lo que les resulta tan gracioso? — Preguntó la mayor de *Las Strong Sisters*.

— Nada amiga, extrañábamos ese carácter tan tuyo. — Dice Verónica mientras Cristina sonríe y le da una palmada en el hombro.

— Claro, siempre he sido la seria del grupo después de todo.

Verónica estalla en carcajada y Cristina se sonroja poco a poco hasta hacer lo propio.

— ¿Qué? ¿Acaso es falso? —Pregunta Aurora en tono de reclamo.

—No, en lo absoluto. Eres la más seria, la más anciana, la más vieja, la más antigua, la que debería estar en un museo…

Todas estallan en carcajadas y de un momento a otro recuperan la armonía. Así son *Las Strong Sisters*, un segundo están peleando entre ellas, al rato están discutiendo todas con alguien más, después se abrazan y lloran para luego terminar el día riéndose mucho de la vida y de ellas mismas.

Entre risas, canciones raras colocadas en la radio del auto y el recuerdo de las anécdotas sexuales de Verónica durante sus años en la universidad, *Las Strong Sisters* finalmente llegaron al bar al que querían ir a tomarse un par de tragos.

Aurora estacionó su auto justo en la entrada. Por ser jueves el local no estaba tan lleno como lo estaría un fin de semana, y al ser también un poco temprano, podría decirse que había suficiente espacio para aparcar donde se quisiera.

Al entrar, el sitio se veía inmenso precisamente por lo poco concurrido del día y la hora en la que decidieron ir. Apenas entraron, Verónica se dirigió a la barra y pidió tres *shots* de tequila y luego ordenó una ronda de mojitos para continuar con la bebida con la que ya habían comenzado.

—Verónica, yo sé que yo amenazo mucho y nunca cumplo, pero esta vez en serio necesito irme temprano a casa. Como ya saben. Puedo llevarlas a otro lugar si desean, pero la verdad yo solo tomaré otro trago y me iré. Hay muchas cosas pendientes, mañana hay trabajo.

—No te preocupes. —Respondió Verónica con un tono comprensivo y hasta un poco tierno— Para serles honesta, yo también debo hacer una confesión: Yo sé que soy necia, pero hoy no tengo ganas de arruinarles sus planes y mucho menos sus vidas, bastante he hecho con tener la mía convertida en todo un desastre, quiero demostrarles que he madurado, que no he perdido mi sentido del humor pero que las experiencias me han llevado a ser una persona diferente, mucho más madura, mucho más centrada, mucho más… ¡CACHONDA! ¡Mi amor! ¡Aquí estoy!

Aurora y Cristina por un segundo casi le creen a Verónica mientras les hablaba de que había cambiado, hasta que entró al bar un muchacho joven y atractivo y ella se descompuso en imprudencias.

— ¡Verónica, por favor, compórtate! —Fueron las palabras de Aurora mientras Cristina se cubría el rostro, muy apenada.

El joven que entró al bar era alto, como de 1.90 metros de estatura, cabello negro oscuro, liso, de piel blanca y barba tenue. Parecía un atleta vestido en ropa casual (jeans y franela) tratando de relajarse un rato en una barra cualquiera, y Verónica solo pensaba en cómo sería estar arrodillada frente a él, atragantándose con su pene, metido en su boca hasta la garganta y sintiendo sus testículos en su barbilla, chocando con fuerza mientras él le penetra los labios como si fuese una vagina.

—Pero mírenlo, ¿acaso no parece un dios griego? —Preguntaba Verónica sin dejar de mirarlo como un cazador mira a su presa, con ojos entreabiertos, como afinando la visión para detallarlo mejor.

Cristina lo mira y asiente, la verdad el muchacho era bastante atractivo, de esas personas que jamás te imaginarías que irían solas a un bar. Aurora no lo quiere ver, solo tiene ojos de desprecio para Verónica.

— ¿Para esto vinimos? ¿Para que estés armando tus *shows*?

— Sí, para eso, y para emborracharnos, y para que tú me regañes y para que ese bombón se vaya a casa conmigo esta noche y me penetre sin parar. —Respondió Verónica a una Aurora cada vez más seria.

Aurora no halló mucha gracia en las palabras de Verónica y le lanzó una advertencia que luego se vio interrumpida de manera muy extraña, al menos en ella:

— Mira Verónica, si vas a seguir con ese… ¡Madre mía! ¡Pero es que parece un ángel, un míster universo o una cosa así! — Exclamo Aurora apenas volteó a mirar la barra donde el chico estaba sentado con sus ajustados jeans y sus botas de vaquero.
— ¿Ves? Es precioso. Pero lo siento mucho, hermana. Yo lo vi primero, así que es todo mío.
—Pues yo no le veo lo extraordinario. O sea, el hombre es atractivo, pero tampoco es que me parece nada de otro mundo.
—Yo no sé, a mí no vengan con cuentos ninguna de las dos, se están haciendo las locas para luego quitármelo, yo sé que esos son sus planes, así que en serio olvídense de eso, ese bombón es mío. Además, no tiene pinta de que le gusten las MILFs. —Dice Verónica señalando a Aurora.
— ¿MILF? — ¿Qué demonios es eso? — Preguntó Cristina con una extrañeza muy evidente en su rostro.

Luego de un par de carcajadas, entre Aurora y Verónica le explicaron a Cristina que ese término se refería a las mujeres mayores pero muy atractivas, mayores de 40 o hasta 50 años, pero muy sexy.

Tanto Aurora como Verónica siempre han visto en Cristina una especie de lesbiana de closet. A ninguna de las dos les importaría que Cristina de verdad lo fuese, ellas solo quieren que sea feliz. Ellas adoran a Cristina y hasta la admiran por ser cómo es, pero sienten que en temas sexuales es una niña todavía.

Cristina se encoge de hombros, se ruboriza un poco y luego

sonríe. Así es ella cuando aprende algo nuevo, cuando prueba una comida deliciosa que no conocía y cuando alguien la halaga, son las únicas tres cosas en la vida que la hacen ruborizarse realmente. Mientras *Las Strong Sisters* debatían acerca de lo que son las MILFs y porqué a algunas personas les atrae tanto estar con alguien mayor, el joven que había entrado al bar y por el que Verónica se babeaba, estaba ya sentado en la barra, con su ropa bien ajustada, dispuesto a comenzar a tomarse 4 *shots* de tequila que el cantinero le había servido.

Los 4 diminutos vasos estaban enfilados frente a él como un pequeño pelotón para aliviar las penas del día. Parecía una especie de ritual como para olvidarse de las malas noticias o de lo pesado de un largo día de trabajo. Pero la verdad es que el chico que estaba por tomarse los tragos no parecía tener preocupación alguna, no lucía como la clase de persona a la que algo le causara estrés.

— Mírenlo bien, debe tener los abdominales bien marcaditos, capaz y hasta está un poco sudado. Cómo quisiera lamer esas gotitas de sudor, mi amor. ¡Estoy sedienta! —Exclamó Verónica causando que los pocos que ya se encontraban en el bar fijaran sus miradas en ella.

El bar estaba un poco vacío por lo temprano que era, cualquier ruido podía captar la atención de todos los presentes, pero el joven en cuestión realmente hacía caso omiso a todo a su alrededor, solo miraba los pequeños vasos de tequila frente a él mientras manoseaba su celular como esperando un mensaje, una llamada, o alguna especie de señal.

— ¿Y este qué se ha creído? ¿Piensa que se va a librar de mí muy fácilmente sin haberme visto siquiera?

Verónica estaba dispuesta a intentar conquistarlo, y así fue como entre los débiles y discretos intentos de Cristina y Aurora por evitarlo, Verónica se levantó de la mesa donde estaba tomando con *Las Strong Sisters* y se dirigió hasta donde estaba el joven y apuesto muchacho.

—Hola, mi nombre es Verónica. Veo que llevas rato mirándome. Cristina y Aurora escucharon desde lejos y no pudieron evitar derramar una carcajada, cosa que hizo que el chico las viera por un segundo con una sonrisa de no entender nada, para luego fijarse por primera vez en todo ese momento, en Verónica.

—Hola, disculpe. De verdad no la había visto. No entiendo de qué me habla. —Dice el joven mientras sonríe con extrañeza, mostrando una dentadura perfecta por la que Verónica casi se derrite.

—Vamos, no hace falta que disimules.

Verónica voltea y guiña un ojo mirando a sus amigas, quienes desde la mesa tratan de ignorarla, como si no la conocieran, como si ni siquiera se hubiesen fijado en ella, incluso como tratando de demostrar que no andan juntas.

— ¿Sabes? Me intriga algo: ¿De verdad te vas a tomar tú solo esos 4 tragos, o acaso estás esperando por tres amigos más? Porque si es así, déjame decirte que he venido acompañada, estoy con dos amigas que están solteras y la verdad no nos molestaría compartir la mesa contigo y tus amigos. Claro, siempre y cuando sean tan guapos como tú.

—Señora, de verdad creo que me está confundiendo con alguien, o no sé si esto se trata de una broma, pero realmente no entiendo nada.

El joven le da la espalda a Verónica y se toma el primer shot, y ante su indiferencia y lo que pareció arrogancia de su parte, Verónica tomó uno de los vasos y se lo bebió de un sorbo.

—Me llevó estos dos para mis amigas, no seas tímido. Ya sabes dónde estamos, querido.

Apenas nota que Verónica se ha bebido un trago de los que tenía en la barra, y que además se ha llevado los otros que restaban, empieza a palidecer, trata de decirle algo a la atrevida y algo (bastante, en realidad) pasada de peso mujer, pero no logra sino balbucear mientras la figura redonda de Verónica se va alejando con un contoneo que demuestra que, si bien no es muy agraciada en lo estético, por lo menos derrocha seguridad y confianza en sí misma.

— ¿Qué pasó? ¿Qué dijo? Hiciste que se fuera.
Apenas Verónica llega a la mesa, Aurora la acosa con preguntas. Y cuando *Las Strong Sisters* tratan de devolver la mirada hacia el muchacho, solo pudieron observar la puerta de la salida cerrarse tras de él, quien parecía huir de una escena de terror. Verónica se encogió de hombros, sirvió los tragos y propuso un brindis:
— La noche es joven, pero no tanto como nosotras. ¡Es hora de divertirnos!

2. ¿QUÉ PASÓ AYER?

Son las 11:00 am, la alarma en el celular de Aurora acaba de sonar por trigésima cuarta vez, justo antes de que el teléfono terminara de descargarse. Los de Verónica y Cristina ya tienen horas muertos. Es casi mediodía, pero dentro del apartamento de Cristina, forrado con toda clase de cortinas ecológicas, da igual la hora del día que sea, pues siempre parece de noche hasta que alguien las mueva y deje entrar la luz del sol.

Hay ropa por todos lados, un charco de algún licor derramado en el centro de la sala de un apartamento pequeño de tan solo dos habitaciones, de las cuales una está ocupada por varias aves a las que Cristina no desea encerrar en jaulas por lo que les ha dado su propio espacio.

El apartamento de Cristina está ubicado en el 6to piso de una torre de más de 20. Es colorido, acogedor, pero esta mañana está hecho un desastre. Hay cosas por todos lados, y *Las Strong Sisters* siguen durmiendo.

Verónica yace en la alfombra de bambú ubicada en el centro de la sala, entre una pequeña mesa de vidrio reciclado y el charco de lo que aparentemente es vodka. Un par de metros a su derecha está Cristina con los pies en el espaldar de un sofá muy viejo, comprado en una venta de garaje, mientras su cabeza está en el asiento.

Los ronquidos de Verónica se escuchan hasta la planta baja, y los vecinos que ya conocen la fascinación de Cristina por las aves, se preguntan si esta vez ha adoptado un León. Una vez Cristina sostuvo una larga discusión con el señor del apartamento ubicado frente al suyo, porque uno de sus loros se fue hasta su casa y se comió unas galletas que él tenía en la dispensa. En aquella oportunidad Cristina se comprometió a reponerle todo a cambio de que más nunca lo llamase de nuevo "maldito pajarraco", y en su lugar le dijera *Señor Campanilla*, que según ella era su verdadero nombre.

Esta mañana, tanto el señor Campanilla como Lady Piano, picotean los cabellos de Verónica debido a la cantidad de migas de torta que abundan en ellos. Verónica siempre se las ingenia para de una u otra forma estar rodeada de comida.

— ¡Hey! ¿Qué hora es? ¡Despierten! —Exclama Aurora mientras intenta peinarse y buscar su cartera y sus llaves.

Verónica no para de roncar, y Cristina apenas mueve sus brazos, gira su cabeza para un lado, y enseguida vuelve a caer dormida, más bien como desmayada.

— ¡Hey! ¡Despierten! Grita Aurora desesperada mientras busca frenéticamente una toma de corriente donde poner a cargar su celular.
— No, mi amor. Hoy no quiero ir a trabajar. —Balbucea Verónica.
—Mira, miserable, ¡yo te voy a matar!

Aurora quiere asesinar a Verónica por haberle hecho pasar la noche fuera de su casa. Se suponía que esta mañana ella debía estar en la universidad. Afortunadamente hoy solo debía cumplir labores administrativas que bien pueden postergarse sin afectar a nadie, pero igual Aurora siempre ha sido la más puntual y responsable de todas y no tolera haber perdido un día de trabajo, lo considera una falta de ética y un insulto a su forma de ser y a sus propios principios.

— ¡Te dije que hoy debía trabajar! —Le grita a Verónica mientras la despierta tomándola por el cuello hasta que un largo hilo de baba le cae en las manos, acompañado de migas de pan y lo que parece el preámbulo a un vómito.

Indignada por el asco y la rabia, Aurora comienza a temblar de manera incontrolable, y acto seguido a lanzar toda clase de improperios y maldiciones, dando vueltas en círculo por todo el apartamento.

— ¿Qué rayos pasa? ¿A qué se debe tanto escándalo? —Pregunta Cristina, despeinada, tratando de abrir un ojo mientras el otro parece estar sellado por una mala noche y una resaca incomparable.

Aurora se detiene, se voltea hasta donde está Cristina y le lanza una mirada fulminante que no necesitó acompañar de palabras.

—A ver, sí, nos pasamos de tragos o lo que sea, la verdad no recuerdo nada. Pero creo que no hay necesidad de armar tanto escándalo, creo que lo que pasó, pasó y… ¡Ya va! ¿Dónde rayos está mi anillo? ¡De aquí no se mueve nadie hasta que aparezca mi anillo!

Cristina vio sus dedos y notó que no estaba el anillo que le regaló su abuela, un anillo de plata manchada que estéticamente no parecía tener ningún valor, pero que sentimentalmente significaba mucho para ella.

— ¡Ese anillo jamás había salido de mis manos en más de 20 años, y si no aparece ya, habrá muertos!

Cristina, que comenzó tratando de despertarse y de calmar la situación, se vio de pronto tan alterada como lo estaba Aurora, quien solo la miraba de reojo, como apenas una segunda culpable de sus males, pues para ella la verdadera responsable de todo lo sucedido era Verónica.

—Por culpa de esta gordita es que yo no pude ir a trabajar hoy y ahora he quedado como una completa irresponsable, a pesar de que tantas veces le insistí anoche en que no debíamos abusar y en que yo necesitaba despertar temprano hoy. Vean la hora que es, ¡Once de la mañana! ¡Ya casi es mediodía y yo todavía aquí en este… en este… en esta cosa que tú llamas casa! ¡Esto es increíble, de verdad! ¡Se suponía que esto sería una reunión, algo tranquilo, no este desastre!

Las palabras de Aurora sonaban a regaño al mismo tiempo que también fastidiaban, a pesar de tener toda la razón. Aurora siempre ha sido la imagen o figura de la autoridad en *Las Strong Sisters*, algo así como una especie de madre sustituta tanto para Verónica como para Cristina, por lo tanto, como buena figura materna, en esta circunstancia sonaba como lo más fastidioso en el mundo.

—Mira Aurora, me importa un comino tu trabajo y tus responsabilidades, mi anillo es otra cosa. ¡O aparece, o aparece!

Mientras Cristina dice esto y Aurora no para de quejarse de todas las irresponsabilidades de ambas y de que parece que a pesar del tiempo ninguna ha cambiado, Cristina se da cuenta de que hay una especie de nota en su bolsillo que dice lo siguiente:
"Mil gracias por tu obsequio, lo cuidaré con mucho cariño. Una lástima que no quieras darme tu número telefónico"

— ¡Un momento! Ya va, ¿Yo regalé mi anillo? ¿A quién? ¿De qué rayos se trata esto? ¡No, qué va! ¡Te levantas de inmediato! ¡Explícame qué rayos pasó anoche!

Cristina toma del brazo a Verónica y la hace despertar a la fuerza. Aurora ha decidido solamente ver la escena, desde el centro de la pequeña sala del apartamento, como quien mira todo el caos justamente desde el ojo de un huracán.

—Ay, ¿pero es que de verdad una no puede ni dormir un ratico? —Exclama y pregunta Verónica mientras Aurora y Cristina la miran con ojos que parecen querer asesinarla.
— ¡Mira todo este desastre! No es solo lo que haya sucedido anoche a donde sea que hayamos ido, pues la verdad no recuerdo nada —Dice Aurora muy alterada— Es que, además, mira cómo terminó todo: un cerro entero de platos sucios en el lavaplatos, todas las cosas tiradas por todo este apartamento, un par de aves muy feas en una cuarto, una alfombra toda rota y machada. ¡Verónica! ¡Explícanos cómo demonios vinimos a dar a esto y cómo fue que convertimos este apartamento en esta zona de guerra en la que estoy parada en este momento, en vez de estar en mi universidad cumpliendo mi deber.
— Eh… lo primero que puedo decir es que esta pocilga ya estaba así. —Responde Verónica con algo de cinismo, como quien tiene la razón y es inocente a mitad de un juicio en su contra.
—Es cierto, no nos enfoquemos en eso. —Admite Cristina con un poco de pena.
—Bien, como sea. ¡Exigimos una explicación! ¡Ya basta de estar evadiendo siempre tus responsabilidades! —Insistía Aurora con su tono autoritario.

Verónica las mira de reojo, no muy contenta por ser juzgada por sus migas, y echa un vistazo a su alrededor.

— ¡Vaya que esto es un completo desastre! En fin, de verdad no recuerdo nada yo tampoco. Lo último que viene a mi mente es aquel bar donde nos tomamos unos tragos, donde estaba el chico apuesto. ¿Lo recuerdan? —Dice Verónica mientras ve un par de rastros de torta en su ropa que acto seguido fueron a dar directamente a su boca para ser devorados.

Todas empiezan a tratar de recordar lo sucedido y llegan a dos conclusiones: Es imposible recordar algo más allá del encuentro que tuvieron en el bar, y la única manera de descubrir qué sucedió realmente, es ir hasta ese local y comenzar a investigar lo sucedido. Se arman de valor y deciden ir en busca de información.

— Primero lo primero: ¿Alguien recuerda cómo llegar al bendito bar? —Pregunta Aurora.
—A ver, perdimos la memoria, tal vez la conciencia, pero tampoco es que somos taradas. —Responde Verónica.

Aurora decide ignorar los comentarios de Verónica y decide hacerle caso. En el camino, Verónica las va guiando hasta que las lleva hasta una calle que no recuerdan en lo absoluto. Cuando se dan cuenta, Verónica solo las llevó hasta una tienda de dulces para comprarse un dona.

—Muy bien, no sé ustedes, pero yo no puedo iniciar todo un proceso de investigaciones con el estómago vacío. Ahora sí, vamos, directo al grano, al lugar de los hechos.

Ya en camino de nuevo, esta vez sí directamente hacia el bar donde estuvieron la noche anterior, Aurora luce muy desgarbada, desarreglada, no parece ella. Definitivamente tiene el look de una mujer con resaca, al igual que Cristina y Verónica, con la diferencia de que ella jamás habría lucido así, a diferencia de sus dos amigas.

— ¡Qué vergüenza! —Exclama Aurora en voz baja mientras apaga el auto y se ve por el espejo retrovisor toda desarreglada.
— ¿Qué cosa te causa vergüenza? ¿Haber tomado toda clase de bebidas mientras te divertías? ¿O el hecho de que parrandeaste tanto que ya no puedes recordar nada?

Mientras Verónica le pregunta esto, Cristina no puede hacer más que lamentarse de haber perdido el anillo que le regaló su abuela justo antes de morir, por lo cual lo aprecia tanto.

—No, lo que me avergüenza es que a pesar de que siempre me haces este tipo de cosas, nunca, nunca en mi vida he tenido el valor de entender que eres una persona tóxica y alejarme de ti para siempre. Algún día tendré la fuerza para hacerlo sin importarme si hiere tus estúpidos y muy gordos sentimientos.
—A ver, no te metas con mis sentimientos, ellos no necesitan maquillaje, mucho menos ir al gimnasio. Dice Verónica mientras las tres se ríen de sí mismas por las tonterías que dicen.
—Basta, seamos serias por un momento. Olvidemos nuestras diferencias y tratemos de enfocarnos en lo que de verdad importa.
— ¿En comer? —Pregunta Verónica interrumpiendo a Cristina.

Todas ríen un segundo más, excepto Cristina. Verónica entiende que ya no es momento para chistes y las tres se arman de valor y entran al bar que se ve recién está abriendo sus puertas.

Al entrar, el encargado las ve, se ríe, y les pregunta cómo les terminó de ir ayer en su búsqueda. El hombre parece tener unos 40 años, es alto, calvo, muy poco agraciado físicamente, y parece saber más que ellas acerca de lo sucedido la noche anterior.

—A ver, muñeco de porcelana, es hora de hacerte unas preguntas y espero no tener que torturarte para que respondas. —Dice Verónica dirigiéndose a él, tratando de sonar entre sexy y amenazante.

El encargado solo se ríe, la ignora por un segundo mientras termina de limpiar la barra, pero luego le hace señas a Aurora de que las atenderá en un momento. En ese instante, mientras el sujeto continúa con sus deberes, las tres no hacen más que mirar a su alrededor, como tratando de encontrar en las paredes, en el piso o en el techo del bar, las respuestas a todas sus preguntas.

Pasados unos minutos que sirvieron para que cada una reflexionara en silencio, el encargado desde lejos les avisa que apenas termine de llevar unas cosas al depósito, las atiende. Y mientras, les envía unas tazas de café, cortesía de la casa.

En ese pequeño lapso, cada una fantasea con lo que su propia personalidad les permite hacer volar su imaginación. Ninguna sabe qué sucedió realmente. Por la mente de Aurora solo pasa el recuerdo de la palabra MILF y se imagina que quizás se encontraron con un grupo de estudiantes universitarios, se embriagaron, tuvieron sexo, y allí se perdió el anillo.

Por otro lado, Cristina más bien cree que tal vez tomaron demasiado en algún lugar muy costoso y por no tener cómo pagar la cuenta, les tocó tener que dejar sus prendas empeñadas. Mientras que Verónica solo fantaseaba con las cosas que probablemente se haya comido, y que ojalá haya tenido mucho chocolate lo que sea que se haya devorado, incluyendo algún joven no mayor de treinta años.

Mientras cada una fantasea con lo que piensa pudo haber ocurrido, Verónica, en silencio comenzó a preocuparse. Recordó un programa de tv donde vio que un sujeto quiso proponerle matrimonio a su novia colocando el anillo en una copa de champaña, y la chica, sin saber nada al respecto, se tomó su champaña y se tragó el anillo.

Por la mente de Verónica comenzaron a pasar imágenes creadas por ella misma acerca de todo el recorrido que podría estar teniendo el anillo si por casualidad o error lo dejaron sobre algún trozo de pastel que ella sin dudarlo se hubiese comido por completo.

Finalmente, el encargado terminó sus deberes, y con un aire de sujeto importante, se acerca hasta ellas.

— ¿Cómo están, señoritas? ¿Qué las trae de vuelta por acá? — Pregunta el calvo y espigado señor, mientras Aurora lo ve con malos ojos, pues sabe que lo de "señorita" no aplica para ella.
—Señor, disculpe si sueno un poco alterada, o si mis palabras no son las más amables, pero necesito ir directo al grano — Comienza Cristina mientras Larry, el sujeto del bar, asiente y

escucha atento, pero con cierta sonrisa que denota algo de cinismo— Sucede que he perdido mi anillo, es de plata, no es nada lujoso, pero para mí tiene gran valor, y quisiera saber si por casualidad usted no lo ha visto acá en su bar, o si pudiera tener idea de qué hicimos con él anoche.

—A ver, ¿perdieron un anillo aquí en el bar?

—La verdad es que no sabemos, debo ser honesta con usted: no recordamos nada, o casi nada de lo que sucedió ayer, pero sabemos que estuvimos aquí, de hecho, ese es nuestro último recuerdo. Pensamos que tal vez usted pueda ayudarnos a aclarar esas dudas y así dar con el paradero del anillo.

—Bueno, no he visto ningún anillo. Anoche barrí y limpié como siempre lo hago todas las noches al cerrar el bar, y hoy en la mañana he puesto todo en su lugar y no he visto nada.

Cristina deja caer sus hombros con tristeza y resignación, hasta que Aurora decide tomar la batuta de la búsqueda y la conversación, para tratar de encontrar el anillo de su amiga, a pesar de estar todavía un poco molesta tanto con Cristina como con Verónica. Especialmente con Verónica.

—Señor…

—Dígame, hermosa dama. —Dice Larry interrumpiendo a Aurora con una cara de pervertido sexual que en el acto la hizo pensar que es a él al que verdaderamente le gustan las MILFs.

—Le decía: Quizás el anillo lo perdimos en otro lugar, quizás se lo dimos a alguien que haya estado con nosotros acá. ¿Tiene usted idea de si alguien se sentó en nuestra mesa, o de a dónde fuimos al salir de aquí?

Larry la mira de pies a cabeza como quien sabe que debajo de su ropa de ejecutiva (profesora universitaria, en realidad) y de esos lentes, aguarda una verdadera tigresa sexual, o al menos eso transcurre por su mente mientras la ve hablar tan educada, lo que lo lleva a fantasear con un posible lenguaje sucio que a ella le guste usar durante el sexo.

—Señor, ¿Podría dejar de ver el cuerpo de mi amiga y responder lo que le está preguntando? —Pregunta Cristina haciendo honor a su preámbulo de que sus palabras pueden hacerla parecer una mujer alterada o molesta.

Bueno, la verdad es que nadie se sentó con ustedes a pesar de que ésta… eh … dama… —señala a Verónica— Intentó por todos los medios sacarle conversación a cuanto hombre entraba por esa puerta.

—Mira, pedazo de calvo estúpido, eso no es tu probl…

Verónica intentó defender su honor, pero Aurora la interrumpió.

—Muchas gracias por su información, señor. En vista de que no existe manera alguna de que usted nos sea útil, pues nos machamos. Gracias por el café y por su atención.

Cristina toma del brazo a Verónica como buscando apoyo, como quien no puede caminar. Por su mente solo pasan los recuerdos de su infancia, las cosas que vivió con su abuela, y lo decepcionada que se siente de sí misma por haber perdido el anillo.

Mientras las tres se dirigen hacia la puerta de salida, el sujeto se queda parado donde conversaba con *Las Strong Sisters*, incrédulo, como si no pensase que ellas de verdad lo fuesen a dejar hablando solo. Y cuando ellas ya estaban por salir del bar, les lanzó una verdad que les hizo pensar en algo:

—Anoche salieron gritando que se iban en busca de machos, tal vez eso es lo que les hace falta, tal vez allí está la respuesta.

Justo en el momento que Larry dice eso, las tres atraviesan la puerta de salida, pero al llegar afuera, algo activa el cerebro de Verónica, quien afanosamente busca en sus bolsillos algún trozo de bocadillo, pero en su lugar lo que encuentra es una tarjeta de un club de *strippers* masculinos.

— ¡Hey! Debemos ir a este sitio. —Exclama Verónica mientras nota que en la tarjeta dice que en ese club se sirven bocadillos gratis.

Tanto Cristina como Aurora se muestran un tanto incrédulas y desanimadas, pero Verónica las convence de que no tienen nada que perder, y que, dada su personalidad glotona, es muy probable que ella las haya convencido de ir a un lugar donde sirven comida gratis al mismo tiempo que se exhiben hombres musculosos bailando desnudos o con muy poca ropa.

Cristina y Aurora se miran una a la otra y están de acuerdo en que, si bien Verónica es todo un desastre, tiene mucha razón en lo que dice, y por lo tanto deciden hacer caso y marcharse en la búsqueda de ese club de *strippers*.

Las tres se marchan en busca de información. Apenas encienden el auto de Aurora, tanto ella como Cristina, voltean para preguntar por la dirección que aparece en la tarjeta, y miran cómo Verónica la está lamiendo.

— ¿Qué? No me juzguen, tiene restos de sirope de chocolate encima. ¿Puede haber algo más delicioso que eso? No sé ustedes, pero yo ya quiero ir a ese lugar.
—El detalle es que yo juraría que es demasiado temprano para ir a ese sitio. —Agrega Aurora al comentario de Verónica.
—Pues yo creo que podríamos hacer una parada para comer antes de ir para allá. —Comenta Verónica mientras Cristina le arranca la tarjeta de las manos.
—Aquí dice que está abierto las 24 horas, y ya viste que sirven bocadillos gratis, así que nos vamos para allá de inmediato.

Aurora sonríe, la mira a los ojos, se siente orgullosa de verla tan decidida, y por un momento siente que puede ser muy interesante ir en la aventura de tratar de dar con el paradero del anillo, y más si en el proceso tendrán que verse con hombres semidesnudos.
El trayecto fue breve en realidad, y al llegar, notan que el lugar es bastante grande, con luces de neón afuera que, aunque están encendidas, no se aprecian muy bien dado que es de día aún. Deciden estacionar el auto a unos pocos metros de distancia del

club, como para no levantar muchas sospechas, y acto seguido se adentran al sitio.

El Club se llama "El Conejo Loco", la entrada tiene forma de un par de orejas gigantes que dan a un pasillo corto, oscuro, con más luces de neón, el cual está custodiado por un hombre enorme, de más de 2 metros de estatura, de color de piel bastante oscuro.

—Buenas tardes, señor. — ¿Hay que pagar algún tipo de entrada? —Pregunta Aurora con su tomo amable y educado que siempre la ha caracterizado.
—En lo absoluto, hermosa dama. Usted solo debe pasar, divertirse, y desde luego, consumir algún tipo de bebida. Los refrigerios y el resto de la diversión van por cuenta de la casa. — Responde el gigantesco portero al mismo tiempo que le hace un guiño a Verónica y retira la cuerda de seguridad para permitirles el acceso a *Las Strong Sisters*.

Verónica se extraña del gesto del portero, pero le retribuye con un sonrisa un tanto nerviosa, mientras Aurora y Cristina la siguen, para entrar las tres al club en busca de respuestas.

Una vez pasado el pasillo que conduce al interior del local, pueden ver una tarima de baja altura en el centro, una barra que recorre todo el sitio en ambos extremos, y una serie de hombres sirviendo tragos a mujeres de edad un poco avanzada en varias mesas redondas ubicadas frente a la tarima, que, a pesar de no ser muy alta, es bastante amplia.

Las Strong Sisters avanzan, lideradas por Verónica que funge como hembra alfa. Verónica camina directo hasta donde uno de los meseros sostiene una bandeja con bocadillos y tragos de vodka con gelatina, y las demás la siguen.

El mesero está sin camisa, en pantalones negros de gabardina, con un moño que decora su cuello, mientras mueve sus caderas al ritmo de la música que suena en el club.

—Mozo, ¿Por qué no me das un poco de tu pastel? —Pregunta Verónica en tono atrevido para luego acercarse a Aurora, arrancarle la cartera, y buscar un billete de un dólar que terminó colocando en los ajustados pantalones del mesero.

El mesero sonríe, acepta la ofrenda de Verónica, aunque se ríe al ver la denominación del billete. Como sea, igual le sirve un trozo de torta a cada una y les pregunta en cuál mesa están ubicadas.

—En la que tú nos ordenes, papacito. —Responde Verónica mientras mastica con la boca abierta y Aurora quiere que se la trague la tierra.

Entre sonrisas y movimientos circulares de cadera, el joven y musculoso empleado les señala las mesas que están justo al frente de la tarima, donde un sujeto anuncia que está por prestarse el Indio Giovanni.

Las tres se dirigen hasta la mesa, aceptando gustosas las sugerencias del chico, al mismo tiempo que varios reflectores de diferentes colores comienzan a pasearse por todo el lugar, anunciando el comienzo de un nuevo *show*.

—La verdad no sé qué opinar al respecto. Quiero decir, qué falta de creatividad, e inclusive de toda lógica, llamar Giovanni a un indio. Todo mundo sabe que Giovanni es un nombre italiano, ¿Qué rayos puede tener que ver eso con los indígenas? —Pregunta Aurora mientras siente que su intelectualidad ha sido ofendida.
—Oh, ha hablado la experta. Bueno, recuerdo que tienes todo un trabajo investigativo sobre la influencia indígena y los apellidos de los fundadores de nuestro país. Si alguien sabe de eso, esa eres tú. —Comenta Cristina a tono de elogio.
—Yo creo que podrías no opinar nada y dejar de presumir de lo mucho que sabes, para solo dedicarte a disfrutar del show. Digo yo, no sé. Es mi humilde opinión. —Agrega Verónica con algo de sarcasmo en sus palabras mientras se reclina en la silla,

estirando las piernas, colocando ambas manos detrás de su nuca, e inclinando su espalda hacia atrás.

Mientras las tres hablan, el *show* está por empezar. Y cuando el presentador da paso al Indio Giovanni, todo el lugar retumba ante el estruendo que causa Verónica al caerse de la silla. Se reclinó tanto hacia atrás, que terminó la silla volando hacia la tarima, y ella hacia atrás en dirección opuesta.

— ¡No ha pasado nada! —Exclama al levantarse, con las manos extendidas en señal de que está bien. —El *show* debe continuar. Aurora y Cristina, para variar, se sienten avergonzadas una vez más, y tratan de cubrir sus rostros, pero la verdad es que todas las miradas que por unos segundos se posaron sobre ellas, ahora las han abandonado para enfocarse en la tarima.

Sale El Indio Giovanni al escenario, un hombre fornido, de brazos muy gruesos y de cuerpo totalmente definido con músculos tan marcados que parece mentira. Todo un físico culturista. Está vestido con un taparrabos, con algunos símbolos tatuados en su piel y con un penacho que adorna su cabeza.

Las mujeres en el local comienzan a enloquecer al ritmo de la música de los movimientos del *stripper* que exhibe su abdomen de roca justo frente a Verónica, quien no puede creer que lo tiene frente a ella mostrándole sus cuadritos.

— ¡Esto es increíble, Dios mío! Qué hombre más delicioso. Debemos venir más a menudo. —Exclama Verónica para luego colocarse de pie e intentar tocar al bailarín.
Señorita, haga el favor de volver a su asiento.
El presentador se dirigió a Verónica por el micrófono, y por extraño que parezca, Verónica decidió hacer caso, algo que por un momento impresionó a Aurora y a Cristina, quienes estaban totalmente sonrojadas por el *show* y por todo lo que sucedía a su alrededor: hombres semidesnudos sirviendo tragos y bocadillos, y señoras enloquecidas por el show y por todo lo que pasaba en el club.

El Indio Giovanni continuó bailando, se paseó por casi todas las mesas durante unos segundos y después volvió a la tarima para terminar completamente desnudo. Aurora por un momento revivió instantes de su juventud, recordó varias despedidas de soltera a la que asistió, pero luego se entristeció un poco al recordar a su difunto esposo, lo cual decidió disimular para no aguar la fiesta.

Cristina por su parte se resistía a ver al Indio Giovanni, trataba de mirar más bien a su alrededor, pero la curiosidad la terminó por matar y echó un vistazo al hombre que blandeaba su pene en el escenario en un *show* que ya estaba por terminar.

Verónica notó que Cristina miraba fijamente al pene del *stripper* y pensó que parecían cosas de una mujer virgen que nunca hubiese visto uno con anterioridad.

— ¿Primera vez que miras uno de ese tamaño? —Pregunta Verónica a Cristina, terminando de sonrojarla justo antes de que terminara el *show* y las tres se encontrasen muertas de risa ante tanta diversión y deleite visual.

El *show* termina, todas las mujeres en el club claman por más, y el presentador anuncia que el próximo show no será hasta dentro de media hora mientras se prepara el Bombero Suizo.

—Espero que esta vez por lo menos el hombre de verdad haga honor a su nombre, porque ese tal Giovanni tiene de indio lo que yo tengo de astronauta. —Comenta Aurora con sarcasmo.
—Bueno, al grano. A lo que vinimos. No sé cómo, pero debemos averiguar qué pasó con el anillo que me regaló mi abuela, o por lo menos qué hicimos aquí.
— ¿Qué más pudimos haber hecho, pues? Ser felices. —Exclama Verónica como quien expone una verdad muy obvia.

Mientras las tres discuten sobre cómo empezar su investigación, de la nada aparece un sujeto de muy baja estatura, vistiendo un traje rosado y una bufanda de plumas, y se acerca hasta la mesa donde están ellas, y al llegar abraza a Verónica inmediatamente, quien acepta el abrazo con cara de intriga.

—Ya sé, no te apetezco tanto como estos galanes que trabajan aquí para mí. Pero no te hagas la tímida, ven, dame un abrazo rico, rico. —Dice el extraño y diminuto sujeto, como si la conociera de toda la vida.

Pasados apenas unos segundos, y luego de notar que el abrazo no era muy correspondido, o por lo menos no de manera genuina, el sujeto en cuestión se deja de amabilidades y muestra un rostro como de estar decepcionado. Las chicas se miran y le confiesan, con vergüenza incalculable, que no recuerdan absolutamente nada de la noche anterior.

— ¡No me digan que en serio no me recuerdan! —Exclama mientras las tres se miran entre ellas un poco apenadas y confundidas.
—A ver: Tú, la de lentes, bastante que te besaste con tres de mis *strippers* anoche, ¿y ahora te vas a hacer la loca? Debería cobrarte por eso, pero es que algo tienes que les encanta.

Aurora, luego de semejante acusación no hace más que abrir sus ojos como par de huevos fritos, mientras Cristina muere de risa y Verónica sigue sin entender.

— ¿Y tú de qué te ríes? —Le pregunta a Cristina. —Mucho gusto, mi nombre es Leo, aunque mis amigos me llaman Leíto. Pero muy bien deberías saberlo, pues ayer te agarraste para ti sola el que alguna vez fue mío. Sí, la muy osada pidió un baile privado con Oscar, y no paraba de nalguearlo, justo en la nalga derecha, donde el muy idiota se tatuó mi nombre. Hoy ya no tenemos nada él y yo, así que te lo regalo, todo tuyo.

—Y tú mi querida amiga, tú fuiste el alma de la fiesta, estuviste grandiosa, fuiste una diosa en el Olimpo. —Dice viendo a

Verónica con ojos de admiración. ¿De verdad no recuerdan nada de lo de anoche? No lo puedo creer. Bueno, nada. Tomen palco que esto es largo, excitante y muy divertido. Ustedes acomódense en sus asientos que Leíto les contará la historia de tres chicas que se hacen llamar *Las Strong Sisters* y que llenaron mi local de glamur y diversión hace apenas unas horas.

3. BUSCANDO A EDDIE MERCURY

Las Strong Sisters están ansiosas, no pueden esperar a que Leíto les cuente todo lo que hicieron la noche anterior y de lo que hoy no recuerdan absolutamente nada. El ambiente en el bar de *strippers* continúa, de fondo se oye música disco a un volumen un poco alto, lo cual es usual mientras no hay ningún *show* en proceso.

Mientras Leíto pide una ronda de piñas coladas para todas antes de comenzar a relatarles eso de lo que no saben si se asombrarán o sentirán avergonzadas, Aurora piensa que ya no quiere saber nada de alcohol, pues bastantes consecuencias nefastas han tenido, según su manera de ver las cosas, la salida que tuvieron la noche anterior donde obviamente hubo muchas bebidas involucradas.

— Bueno amigas, ¿Por dónde empiezo? — Dice Leíto mientras ve a Aurora de pies a cabeza. —Ustedes no lo van a creer, pero esta mujer es fantástica, sabe atraer a casi todos los hombres, y todo gracias a ese grandioso talento que tiene para el cine pornográfico.

Verónica abre la boca del tamaño de una catedral en un gesto de profundo asombro y luego suelta una carcajada, Aurora se sonroja y Cristina se muestra tan incrédula como sorprendida.
—No sean tontas, nadie filmó ninguna película porno aquí anoche, o bueno, al menos ninguna de ustedes, hasta donde sé. Digo esto, porque con su *look* que la hace ver como una combinación entre secretaria ejecutiva y profesora de universidad, ella enloquece a todos los jóvenes, inclusive a los que han dejado de ver el sexo como placer para empezar a

entenderlo como un negocio.

Leíto mostraba ser un hombre tan diminuto de estatura como rico en cultura general, se notaba por la forma de hablar cuando se proponía utilizar muy bien el lenguaje, además de que obviamente era una persona que sabía de negocios.

—Muchos de estos muchachos ya han entencido que el placer es un producto y proveerlo es un servicio. Partiendo de allí, ellos ya hace tiempo que han dejado de ver el sexo como una actividad esporádica, para convertirse en algo cotidiano, diario o rutinario. Pero no sientan pena o lástima por ellos que, si bien a ustedes les puede excitar ver sus esculturales cuerpos, pues yo me atrevería a asegurar que ellos se masturban con cada billete que ustedes depositan en sus bóxers.

Mientras Leíto daba toda una cátedra de economía aplicada a la sexualidad, Verónica lanzaba miradas sensuales a un mesero que se encontraba a tan solo un par de mesas a su derecha, pero las miradas en realidad iban dirigidas a la bandeja que sostenía, y Leíto, como buen observador que es, pudo notarlo.

— ¿Carlos, serías tan amable de darle un trozo de pastel a esta adorable mujer? —Dice Leíto al mesero que inmediatamente sirvió trozos de torta a cada una de *Las Strong Sisters*.
—Bien, como les decía: A pesar de que ellos ya han entendido que esto es un negocio y eso es lo que se ha convertido para ellos, una manera de hacer dinero y nada más; esta mujer desata unas pasiones tan fuertes como increíbles en la mayoría de ellos, y para muestra, un botón.

Leíto llama a dos de sus *strippers* y les pide que le hagan un baile a Aurora. De inmediato los dos morenos comenzaron a bailar frente a ella, y a medida que Aurora comenzaba a sonrojarse, ellos más se acercaban, tratando de hacerla entrar en calor y confianza.

—Quiero que presten especial atención a algo. —Dice Leíto

mientras los morenos siguen bailando, ahora con Aurora de pie, uno de ellos al frente al mismo tiempo que el otro lo hace detrás de ella, convertidos en un sándwich sensual que se mueve al ritmo de la música de fondo.
—Miren cómo se mueven.

Verónica y Cristina escuchan las palabras de Leíto y observan con atención, pero no entienden exactamente qué les quiere mostrar, pues la verdad ellas no hallan nada de raro en los movimientos de los *strippers* ni en nada de lo que sucede en general.

—Fíjense en sus manos. Ellos nunca tocan a los clientes a menos que paguen por eso, es decir, en un *show* privado.

Mientras Leíto dice esto, tanto Cristina como Verónica se dan cuenta de que tiene razón, pues al echar un vistazo hacia las otras mesas, pueden notar que no existe contacto alguno entre los bailarines y las señoras que están depositando billetes en sus bóxers.

—No es solo eso, ahora miren sus rostros, miren cómo se nota que disfrutan lo que están haciendo. —Dice Leíto para que ellas se den cuenta de cómo uno de los morenos se muerde los labios mientras baila, y el otro hasta sonríe con cara de pervertido.
—No sé bien de qué se trata, pero estoy casi seguro de que se debe a su look de actriz porno. Porque tiene una cara y un cuerpo de MILF incomparable.

Cristina escuchaba a Leíto con evidente fastidio, en su rostro se podía leer que ella no estaba interesada en nada que no tuviese que ver con el paradero del anillo.

—Ahora, esta niña que tengo frente a mí… —Dice Leíto haciendo una pausa tomando de las manos a Cristina mientras los morenos siguen bailando con Aurora que poco a poco empieza a tener la camisa un poco desabotonada a consecuencia de los movimientos de los bailarines y seguramente por el propio calor del momento— esta niña sí que sabe moverse, tiene unas aptitudes excepcionales y unos movimientos sensuales.

Cristina se suelta rápidamente de las manos de Leíto, no cree en nada de lo que dice hasta que saca un celular de su bolsillo y le muestra un video de ella bailando y nalgueando a un *stripper*.

—Fíjate en la nalga derecha. —Le dice Leíto a Cristina con celular en mano, y esta afina la vista. El muy loco se tatuó mi nombre y ahora está arrepentido. Claro, como ya no pudo sacarme más dinero, terminamos. Igual fue lo mejor, muy buen cuerpo y todo, pero, lo tiene chiquito.

Cristina se queda muda, no sabe qué decir. No puede creer que la del video sea ella. Verónica trata de asomarse a ver, pero enseguida Leíto guarda el teléfono.

—No te preocupes, querida. Tu secreto está a salvo conmigo. La discreción, ante todo. Claro, no me hago responsable por lo que hayan visto todos los presentes anoche. —Agrega Leíto sonriendo amablemente.

Justo cuando Verónica se disponía a gastarle bromas a Cristina por lo que Leíto acababa de contar y sobre todo de mostrar, el sujeto en cuestión decidió interrumpirla con mucho afán, pues lo que tenía que contar de ella era contundente.

—Nada, nada de lo que haya hecho nadie aquí jamás, se podrá comparar con lo que tú lograste anoche. —Dice Leíto a Verónica mientras un nuevo *show* está por comenzar y Aurora se sienta de nuevo en su silla, tratando de arreglar el cabello que ha quedado despeinado luego del baile de los dos morenos.
—Tú, hermosa niña, te montaste en las mesas, cantaste canciones de Cher y hasta de Madonna, y te subiste a la tarima y le hiciste un *show* a todos los *strippers*. Fue increíble tu derroche de sensualidad, de verdad que lo que Dios no te dio en físico, te terminó sobrando en actitud. Definitivamente no existe nadie como tú en el mundo. —Termina de agregar para fundirse con

ella en un abrazo que Verónica no sabe cómo corresponder pues no entiende si es un cumplido o una especie de burla disfrazada de reclamo con sarcasmo.

Ahora, no me sorprende en lo absoluto que ustedes no recuerden nada de esto. —Dice Leíto mientras Aurora se sigue peinando y tratando de disimular lo sofocada que la dejó el baile, Verónica sonríe sorprendida de sí misma y Cristina lo mira con cierto desprecio, típico de una mujer un tanto prejuiciosa como lo es ella, a pesar de declararse siempre liberal y moderna.

—Les pregunto: ¿Cómo les fue con Eddie?

Mientras Leíto les pregunta eso sabiendo la respuesta (no deben recordar nada) todas se miran entre sí, sabiendo que muy probablemente se hayan acostado con ese tal Eddie y no lo recuerden. Cristina empezó a sentirse peor de lo que ya estaba, Aurora terminó por colocar una coraza en su rostro y Verónica comenzó a palidecer.

No puedo darles muchos detalles, primero porque no los conozco en realidad, y segundo porque ya debo irme a atender mi negocio. Las dejo con estas niñas. —Dice señalando los vasos de piña colada. —Pero no me marcho sin decirles que todo lo que quieran saber de Eddie Mercury está en esta dirección que les voy a dar.

Leíto saca de su bolsillo una tarjeta con una dirección que Verónica en su afán por no dejarla pasar, intenta tomar a la fuerza de las manos de Leíto, quien muy velozmente logra esquivarla, para luego tomarla fuerte por la muñeca de la mano con la que intentó arrebatarle la tarjeta.

—Mira Gordita Bella, tú me caes de maravilla, pero no quieras pasarte de lista. Les voy a decir una cosa y esto va con todas: este sujeto por las buenas es lo máximo, pero por las malas puede ser terrible, es capaz de las cosas más atroces que puedan imaginarse. Y si existen apenas unas pocas cosas tan fuertes como para que él no sea capaz de hacerlas, pues yo sí. Es decir, si Eddie es peligroso, yo soy el diablo. ¿Qué les quiero decir con esto? Que si Eddie se entera de que fui yo quien les dio la dirección y no las mata, es porque lo haré yo. ¿Les ha quedado claro?

Todas asienten nerviosas.

—Bien, habiendo dicho esto, me retiro a lo mío.

Leíto se marcha, dejando la tarjeta en la mesa, pero sus últimas palabras fueron tan fuertes y *Las Strong Sisters* pudieron leer tanta maldad en sus ojos, que aún varios segundos después de haberse ido, ellas no se atrevían ni a hablar, muchos menos a tomar la tarjeta que estaba en la mesa, hasta que como siempre, Verónica terminó por romper el hielo.

—Bueno, ya basta, no seamos estúpidas, tampoco es que esta cosa da corriente. —Dice Verónica al levantar la tarjeta de la mesa y afinar la vista para leer lo que está escrito en ella.
— ¿Qué dice? —Pregunta Aurora.
—Pues no dice dónde está el anillo —Responde Verónica con sarcasmo —Pero quizás en este lugar podamos saber algo más.

Cristina se siente cada vez más desanimada, en su rostro se puede notar que mientras más intenta encontrar el anillo, más difícil le parece todo, y cada enredo que las va llevando a su vez a uno más complejo, termina por decepcionarla de sí misma, no tanto por las cosas de las que se va enterando que hizo y que no puede creer, sino por haber descuidado y perdido algo tan valioso para ella.

Cabizbaja Cristina pregunta si en serio desean ir por esa dirección o si prefieren mejor olvidar todo y darlo por perdido, después de todo, las probabilidades de correr riesgos van aumentando cada vez, al mismo tiempo que las de encontrar el anillo se van esfumando.

Aurora, con su tono maternal y de líder, la toma muy amablemente por el rostro como lo haría un adulto tratando de consolar a un niño, y le explica que lo que es importante para ella, es importante para todas. Y que, además, no solo está en juego el paradero del anillo, pues tanto ella como Verónica necesitan saber más de lo que hicieron la noche anterior, así que con sus mejores palabras de ánimo la termina de convencer, y cuando ya están decididas a irse del club de *strippers*, Verónica recuerda algo importante que ha olvidado: quitarle otro bocadillo al mesero. Una vez que lo hace, se marchan por fin a tratar de ubicar la residencia del misterioso Eddie Mercury.

Así es Cristina, la misma de siempre, una mujer decidida, atrevida, luchadora, con ganas de hacer cosas positivas en el mundo, pero también una mujer vulnerable cuando siente que no encuentra salida, con miedos e inseguridades como los que puede tener cualquier persona cuando las situaciones escapan de sus manos y no pueden controlar las cosas que le suceden.

Y así *Las Strong Sisters* se marchan en búsqueda de la dirección del hogar del misterioso señor Eddie Mercury. ¿Quién es? ¿Por qué se fueron con él esa noche? ¿Qué cosas habrán sucedido mientras estuvieron con él? ¿Habrán hechos cosas las cuales arrepentirse? ¿Hubo tortas y bocadillos durante el tiempo que estuvieron con él? Son demasiadas las preguntas que las tres amigas se hacen a sí mismas durante el recorrido hacia la dirección que aparece en la tarjeta que les dio Leto, hasta que Verónica hace una muy a su estilo:

—Ok, ya tenemos la dirección del sujeto con el que aparentemente pasamos la noche, pero hay algo que no nos hemos preguntado, algo que debemos resolver: ¿Qué demonios vamos a almorzar? Quiero decir, algún día vamos a comer, ¿cierto? Yo siento que tengo meses sin hacerlo.

Tanto Cristina como Aurora ríen ante las exageraciones de Verónica. Particularmente Cristina no siente nada de hambre, no puede dejar de sentir una especie de resaca moral. Sin embargo, Aurora la convence de que es mejor hacer una parada para pedir algo de comida rápida y así seguir en su empresa de encontrar el anillo. Después de todo, es mejor así que andar débiles, con resaca, y además con el estómago vacío.

Se detienen un momento en un establecimiento de pizzas y ordenan una para llevar, apenas está lista se marchan en busca de la residencia del señor Eddie Mercury, y antes de darse cuenta, mientras devoran los trozos de pizza en el auto de Aurora, se encuentran a tan solo un par de cuadras de la dirección que les proporcionaron.

Al llegar, con la caja de pizza ya vacía y con Verónica quejándose de que fue muy poca, se fijan que la propiedad es de verdad gigantesca. Es una especie de mansión impenetrable, con una única entrada que es una reja inmensa y que una vez que la atraviesas, debes recorrer casi medio kilómetro para llegar a lo que sería la casa como tal, una lujosa mansión de aproximadamente 3 pisos, por lo que se logra ver desde afuera.

—Es tan corto el amor y tan largo el olvido. Fue lindo mientras duró. —Le recita Verónica al último trozo de pizza antes de engullirlo por completo como un tiburón se devoraría a una sardina.

Aurora estaciona su auto frente a la reja, nota que hay un timbre y un intercomunicador. Todas se bajan del auto y admiran el tamaño y la belleza de la propiedad que apenas pueden observar desde afuera, preguntándose cómo lucirá en su interior y qué clase de adornos y bondades tendrá tan gigantesca casa.

—Buenos días, ¿Alguien en casa? Pregunta Aurora luego de tocar el timbre. Acto seguido se escucha una voz que contesta que en breves segundos la atenderá. Todas se asombran y esperan impacientes hasta que desde lejos ven venir a un hombre con traje y corbata manejando un carrito de golf, en sentido desde interior de la propiedad hasta la reja donde ellas aguardan en las afueras de la mansión.
—Buenos días. ¿En qué puedo ayudarles? —Pregunta un señor como de aproximadamente 60 años, calvo, de piel como curtida,

y con un semblante en el rostro que deja ver que es una persona muy refinada.

Buenos días —Responde Aurora— Estamos buscando al señor Eddie Mercury. Estuvimos en su compañía anoche y nos gustaría poder conversar un momento con él. ¿Se encuentra? ¿Podríamos conversar con él un momento? Prometemos ser breves, es solo para preguntarle por algo que olvidamos anoche.

—Lo siento —Responde el mayordomo— El señor Eddie no atiende visitas, y mucho menos a estas horas. De hablar con él tendrá que ser de noche y en el sitio donde dicen haberse visto antes con él.

—Es que justamente ese es el problema, no recordamos mucho sobre dónde y bajo qué circunstancias nos vimos con él anoche, por eso es tan importante poder conversar con él. Hemos conducido desde un poco lejos, no nos gustaría marcharnos sin que el viaje haya valido la pena.

—A ver, madame. Le explico: el señor Eddie Mercury no atiende visitas. Si por alguna razón pudieron conversar con él en otro lugar, es allí donde deben buscarlo. Habiendo dicho esto solo me queda desearles suerte y pedirles que por favor se retiren, para evitar posteriores inconvenientes.

Aurora escucha las palabras del mayordomo y de pronto la invaden unas ganas terribles de ahorcarlo, pero se controla, se muestra serena, y decide no emitir respuesta alguna mientras ve cómo se regresa por donde vino, con su traje bien planchado, su rostro aristócrata y su carrito de golf bien pulido.

— ¿Qué se ha creído el viejo ese? —Pregunta Verónica con indignación— Tiene que haber una manera de hablar con el fulano Eddie Mercury. Si está aquí, nos tiene que atender, y debe estar, porque el pingüino ese nunca lo negó.

—Yo creo que mejor nos vamos. —Agrega Cristina poseída por un pesimismo infame que una vez más Aurora trata de ahuyentar.

—No, no nos vamos a rendir tan rápido. Algo debemos hacer. —Dice la mayor de *Las Strong Sisters*.

—Ya sé, tengo una idea. —Agrega Verónica muy animada.

Verónica comienza a bordear la propiedad, que solo posee esa reja de entrada, pues el resto de todo el espacio está cubierto por un muro de aproximadamente 4 metros de altura, lo que convierte a la mansión en una suerte de fortaleza impenetrable, hasta que Verónica nota que si se estaciona el auto en cierto lugar preciso (unos 50 metros a la derecha) justo donde las ramas de un árbol sobresalen desde el interior del muro hacia afuera.

—Si paras tu carro allí, y me subo al techo, podré alcanzar el borde del muro, y una vez arriba de él, podré bajar por las ramas del árbol hasta estar del otro lado. Y bueno, cuando ya estemos adentro, ese tal Eddie Mercury nos tendrá que atender porque sí. Aurora se ríe al escuchar el plan de Verónica y piensa en que tal vez no quiera hacerlo por los daños que pueda sufrir su auto en el techo por el peso. Sin embargo, al ver el rostro de Cristina que de algún modo muestra cierto brillo en sus ojos con la idea de poder conversar con el misterioso señor Eddie Mercury, accede a proceder con la idea de Verónica.

Aurora estaciona su auto justo donde Verónica se lo indica, y acto seguido la más voluminosa de *Las Strong Sisters* se monta en el techo del lujoso KIA de Aurora, que de poder hablar seguro se quejaría por el peso extra en su techo.

Verónica, al tratar de subirse al auto, escucha un estruendo entre sus piernas, fue su jean que se desgarró justo en la entrepierna, lo cual fue muy sonoro y bastante visual, tanto como para que Aurora y Cristina lo notaran, y así estallaran todas en una carcajada al unísono.

Superado el chiste del pantalón de Verónica, ella trata de trepar al muro, pero dada su baja estatura, se le hace un tanto complicado.

— ¿A ver, podrían dejar de reírse y ayudarme? —Pregunta Verónica con la soberbia de quien parece ser la única persona capaz de resolver un gran problema y así salvar a toda la humanidad.

— ¿Pero ¿cómo te ayudamos? —Pregunta Cristina ahora con mejor humor. —No conocemos ningún operador de grúa que pueda venir a ayudarnos a levantarte.

Una vez más, todas estallan en carcajadas, incluida la propia Verónica, porque así es ella, se toma las cosas con buen humor, y cuando es necesario, es capaz hasta de burlarse de sí misma, porque a pesar de no tener el físico estereotípico que la sociedad espera de una mujer su autoestima nunca está por el suelo.

—No seas necia y ven a ayudarme. —Dice Verónica con ademanes que invitan a Cristina a subirse al auto para ayudarla a subir.
— ¡No! ¡De ninguna manera! —Exclama Aurora. Ya bastante con tu peso sobre el techo de mi carro, subiremos una a la vez. Dos es demasiado.

Cristina se detiene por un segundo, entiende que Aurora es la dueña del carro y su palabra es la que vale, a pesar de que Verónica insiste en hacerle señas, no solo de que se suba al auto y la ayude a trepar el muro, sino también de que ignore las palabras de Aurora.

—Te estoy viendo, Verónica. Deja de insinuar que soy una loca exagerada. Sabes muy bien que eso sería ya demasiado peso para el techo del auto. —Dice la dueña del carro.
—Está bien, ya me bajo de tu carro. Pero después no digan que no quise ayudar. Que conste que estuve a punto de lograr saltar este muro, y no lo hice porque Aurora no quiso. No lo olviden.

Cuando Verónica disponía a bajar del auto, un ruido varios metros detrás del muro, la hizo levantarse un poco más para alcanzar a ver. Desde la distancia pudo observar en lo profundo de la propiedad, a un hombre de cabello negro y bigote un poco pronunciado, que se paseaba en bata y pantuflas alrededor de una piscina.

— ¡Hey! ¡Ese es Eddie! Bueno, qué importa, igual ya no vamos a entrar. Pero no se preocupen, seguro Aurora tiene una genial y mejor idea. —Dice Verónica que de nuevo se inclina para intentar bajar del auto.

Aurora echa un vistazo rápidamente al rostro de Cristina y puede observar cómo un pequeño hilo de esperanza comienza a tejer en su cara unas ganas inmensas de seguir el plan de Verónica, y decide que no será ella quien lo impida.

—Bueno, está bien. Sube y ayúdala. Ya qué importa. —Le dice Aurora a Cristina que de inmediato se sube al auto y comienza a ayudar a Verónica a alcanzar la rama del árbol que sobresale desde la parte interna del muro.

Cristina coloca sus dos manos, entrelazadas por sus dedos, en posición de canasta para que Verónica apoye uno de sus pies en ellas y así pueda impulsarse hacia el muro, y en efecto lo logra a pesar de por los gestos de Cristina se puede notar que no fue tarea fácil soportar ella sola todo ese peso.

Una vez que Verónica logra trepar el muro, se monta sobre él como lo haría un jinete sobre un caballo, y con su mano izquierda sostiene una de las ramas, mientras con la derecha trata de hacer lo mismo con otra de las extremidades del árbol, para una vez agarrada de ambas ramas, poder comenzar a descender por el árbol hacia el interior de la propiedad, pero justo cuando está por hacerlo, Aurora estalla en carcajadas y Cristina la mira con extrañeza, sin comprender qué le resulta tan gracioso a la mayor de *Las Strong Sisters.*

— ¿Y ahora qué rayos te pasa a ti? —Pregunta Verónica con algo de irritación.

Aurora trata de agarrar aire para explicarles tanto a Cristina como a Verónica cuál es el motivo de su infinita risa, pero no puede evitar dejarse llevar por la carcajada, y con un gesto con la mano les indica que esperen un segundo para poder contarles bien.

Cristina y Verónica se miran entre sí, Cristina se encoge de hombros y Verónica espera un poco indignada y molesta, por una explicación de su amiga mientras sigue montada sobre el muro sosteniendo una rama con cada mano.

—Mírate. Solo mírate a ti misma. —Dice Aurora ya reponiendo un poco la respiración.
— ¿Qué tengo? —Pregunta Verónica mirándose de abajo hacia arriba sin soltar las ramas que le impiden caer al suelo.
Cristina la mira con detalle y comienza a reír un poco, pero trata de disimularlo tapándose la boca con las manos mientras Verónica la mira con gestos de desaprobación.
—Amiga, es que parece que estuvieras cabalgando a un hombre y que esas dos ramas fueran dos penes más a los que le vas a hacer sexo oral. Desde aquí parece toda una escena de película porno. —Le dice Cristina en lo que parece más un susurro que otra cosa.
—Hay que ver que ustedes sí son ridículas, vale. Dejen de estar…
¡Hey! ¡Es cierto! —Termina por exclamar Verónica para luego unirse a las risas de Aurora y Cristina— Ustedes lo que son es dos grandes pervertidas. Yo creyendo que son unas santas, pero no, qué va, mis amigas lo que son es tremendas…

No había terminado la frase cuando una gran brisa sopló, haciendo que Verónica perdiera el equilibrio justo cuando las ramas del árbol se movieron súbitamente a causa de los fuertes vientos que se suscitaban a esa altura en esa zona tan despejada de edificios o cualquier otra estructura.

A causa de los bruscos movimientos del árbol, Verónica no solo perdió el equilibrio, sino que debió abandonar su posición de jinete sobre el muro. Pero como en ningún instante abandonó las ramas de las que se sujetaba, terminó montada sobre el árbol ya del otro lado del muro, y bajar de él fue cuestión de pocos segundos a pesar de estar pasada de peso y no contar con una aparente buena condición física.

Al ver esto, Cristina, luego de asegurarse de que Verónica

estuviese bien, le indicó a Aurora que mejor subiese ella primero con su ayuda, lo cual fue mucho más fácil que con Verónica dado a las diferencias de peso y estatura.

Cuando por fin ya Aurora y Verónica estaban en la parte interna del muro, Cristina exhibió sus dotes atléticos y en apenas un instante ya estaba con ellas. Después de todo, la idea de Verónica no fue del todo mala, o eso pensaron *Las Strong Sisters* hasta que escucharon a lo lejos ladridos de perros Doberman que se acercaban a alta velocidad.

Las Strong Sisters estaban en apuros, atrapadas en una propiedad inmensa, sin posibilidad de volver a saltar el muro, y ahora con par de perros corriendo tras ellas. Por un segundo se miraron entre ellas y luego cada una, sin mediar palabra, salió corriendo en cualquier dirección.

Verónica tropezó y cayó varias veces en la grama, pero, así como caía, se volvía a levantar, mientras uno de los perros parecía tratar de jugar con ella. El otro corrió hacia donde huía Cristina, la más veloz de todas, y Aurora por su parte trató de correr hacia la reja hasta que una alarma se encendió y aparecieron varios guardias armados con toda clase de pistolas.

Rodeadas las tres por los guardias, fueron maniatadas con cuerdas y llevadas hasta el interior de la propiedad con los ojos vendados. Una vez que las tienen en un gran salón, las lanzan al piso, las hacen que se arrodillen, y sin desatarles las manos les quitan las vendas de los ojos.

Al levantar la mirada, lo primero que ven *Las Strong Sisters* es un hombre un poco pasado de peso, de cabello negro y bigote igual de oscuro, cuyos dientes frontales sobresalían entre sus labios aún con la boca cerrada.

El hombre además era bajo de estatura, llevaba puesta un bata color rosa, un collar de cuero con adornos cromados en su cuello, y unas pantuflas que parecían ser de piel de tigre. Por fin *Las Strong Sisters* encontraron al fulano Eddie Mercury, que en su rostro reflejaba no estar muy contento con su visita a pesar de que, a través de su bata, se dejaba ver que tenía una muy potente erección.

4. DE GIRA CON EDDIE MERCURY

Las Strong Sisters están en apuros, o eso parece. Están de rodillas, rodeadas de guardias fornidos y armados, que a su vez están acompañados de perros aparentemente muy feroces, aunque uno no para de oler y lamer a Verónica, seguramente por llevar consigo aroma a comida, torta, y demás bocadillos que constantemente devora.

Miran a su alrededor, están en un gigantesco salón repleto de cuadros de Freddy Mercury, el famoso cantante de la legendaria banda de rock, Queen. Eddie Mercury, como su nombre lo puede delatar, es un imitador de Freddy Mercury, y su verdadero nombre es Eduardo Pérez.

Eddie es de ascendencia colombiana, y a juzgar por su aspecto, no solo busca imitar al fallecido artista en cuestión, sino que parece idolatrarlo, a pesar de que, en vez de parecerse a él, luce más bien como una parodia, una versión burlesca del aclamado cantante.

Eddie las mira de arriba a abajo, se pasea frente a ellas sin mediar ninguna palabra, y ellas, presas del miedo, responden a sus movimientos con absoluto silencio, tan solo siguiéndolo con la mirada, como quien espera el peor de los desenlaces. Después de todo, su terror estaba totalmente justificado, pues no podían olvidar las palabras de Leíto en el Club de *strippers*.

— ¡Por favor no nos mate! ¡Somos muy jóvenes y bellas para morir! —Exclama Verónica perdiendo la compostura y haciendo que el perro que la lamía comience ahora a ladrarle en el rostro, al mismo tiempo que el resto de *Las Strong Sisters* empiezan a llorar y suplicar por sus vidas.

Fue como si la exaltación de Verónica hubiese sido el detonante para que todas dejaran salir lo que las ahogaba por dentro, un profundo miedo a morir. Pero ante tanto alboroto, Eddie no hace más que reír, para luego pararse frente a Verónica, quien arrodillada y mirando hacia arriba, no podía evitar mirar la intensa y muy firme erección que se levantaba bajo la bata de seda que traía puesta el dueño del palacio donde se hallaban presas.

— ¿Y quién les dijo a ustedes que yo sería capaz de ensuciar mis manos y perder tiempo y esfuerzo con ustedes? Están más locas que una cabra.

Cristina y Aurora dejan de llorar, respiran un segundo y recuperan la compostura, pero Verónica no para de llorar sin dejar de ver el pene de Eddie.

— ¿O sea que no nos va a matar? —Pregunta Verónica sin verlo a los ojos, pues su vista no podía despegarse del poste de carne que quería salir de entre las pocas telas que cubrían al imitador de Freddy Mercury.
— ¡Claro que no! —Exclamo él, permitiendo que *Las Strong Sisters* suspiraran de alivio como quien levanta a alguien del suelo para luego dejarlo caer de nuevo— Para eso están mis guardias.
Todas vuelven a llorar de nuevo, excepto Verónica que nota que hay algo de ironía en los ojos del sujeto al que por fin dejó de admirarle el pene.
—A ver, señor *"siempreduro"*, usted no nos va a matar, ¿entonces qué hará con nosotras?
Eddie estalla en risas, trata de disimular la erección, pero no lo logra. En todo ese tiempo, él realmente no había notado lo mucho que se notaba su pene a través de su bata, y ante las palabras de Verónica, sintió un poco de vergüenza.

— Ay, pero mírenlo. Parece que ahora el señor Eddie no es tan malo y *prepotente,* ¿cierto? —Dice Verónica en un juego de

palabras sarcástico a ver que la erección no es necesario que sea ocultada, pues obviamente ha comenzado a disminuir.
— Cállate, estúpida. Todas las mañanas tomo unas medicinas que me dejan así y se me hace difícil bajarlo, pero por lo visto tú tienes el gran talento de eliminar las erecciones. Gracias, seguramente a muchos otros les has hecho lo mismo, no debes tener ni novio.

Las palabras de Eddie en realidad no ofenden a Verónica, ella sabe que él solo está respirando por la herida, vomitando insultos desde su ego ofendido.

— Mira, pedazo de imbécil —Dice Eddie mientras se inclina para tomar con una sola mano el rostro de Verónica hasta apretarlo con tanta fuerza que ella siente deseos de llorar, a pesar de no mover ni un dedo— Lo que yo haga con ustedes, es cosa mía. Ustedes vinieron ayer, cumplieron sus fantasías, y prometieron no volver más. Aquí las preguntas las hago yo. ¿Qué demonios hacen hoy aquí?

Cuando Verónica estaba por contestar esa pregunta, Aurora la interrumpe como es de costumbre cuando se trata de actuar de manera sensata y muy inteligente.

— Señor Eddie, nosotras de verdad no recordamos nada de lo sucedido anoche, por eso hemos venido esta tarde a su lujosa mansión. De verdad le suplicamos que nos perdone todo, desde las molestias ocasionadas, hasta el hecho de venir sin avisar y entrar como lo hicimos. Lo que sucede es que además de no recordar nada, también perdimos una joya muy valiosa, y creemos que la única manera de recuperarla es que usted nos dé alguna pista para poder encontrarla.

Aurora, en su astucia de mujer experimentada, y con sus conocimientos de psicología obtenidos a través de sus estudios, pudo notar que la mejor manera de obtener información de Eddie era jugando con su ego, lo cual empezó a dar resultados, pues ante sus palabras, él guardó silencio, se olvidó de Verónica, y le hizo un gesto a Aurora de que continuara con su relato.

— Bien, como le decía. Perdimos un anillo que, si bien no es de un metal muy preciado, apenas es de plata y seguramente no posee mucho valor en el mercado; representa un gran valor emocional para nosotras. Necesitamos encontrarlo, y lo único que sabemos es que pasamos la noche con usted. ¿Usted sabe dónde está ese anillo"? ¿Puede ayudarnos a recuperarlo? ¿Puede al menos contarnos qué sucedió anoche a ver si de esa manera damos con lo que estamos buscando?

Eddie sonríe, se pasea un rato por el gran salón como un pavo real que exhibe sus plumas, muy orgulloso, y luego se detiene justo frente a Aurora, quien sigue de rodillas aguardando por una respuesta suya.

— A ver, amiguita. Cuéntame tu nombre y yo te diré un par de secretos. —Le susurra a Aurora luego de inclinarse frente a ella y hablarle a tan solo centímetros de su cara.
— Mi nombre es Aurora, señor. —Responde Aurora en un tono tan sumiso como provocador.
— Bueno, el placer es todo tuyo, Aurora. Yo no sé nada del estúpido anillo que están buscando, pero puedo revelarte cosas que quizás te ayuden a entender. Me parece ridículo que no recuerden nada de lo de anoche, pero no las juzgo. Sin embargo, puedo darles un tour y después de eso, estoy casi completamente seguro de que tendrán respuestas a sus preguntas, y si no, por lo menos tendrán una profunda e infinita vergüenza y se marcharán de mi casa para siempre.

Todas asintieron con algo de nervios, se miraron unas a las otras como buscando un gesto de aprobación, y al final accedieron a adentrarse al perverso mundo de Eddie Mercury, pues de todos modos no tenían alternativa.

— Síganme. —Fue todo lo que dijo Eddie, y con eso bastó para que sus guardias entendieran que debían colocar a *Las Strong*

Sisters de pie, en fila, una tras otra, para seguirlo hasta donde él las llevase.

—Quiero que presten mucha atención a todo este recorrido, que no pierdan detalle alguno, porque este será un viaje del que no podrán escapar, no volverán a ser las mismas después de lo que verán a continuación.

Eddie Mercury trata de impregnar el ambiente con tensión y algo de terror, usando un lenguaje confuso para *Las Strong Sisters* y todos los presentes, hasta que Verónica lo interrumpe muy a su manera:

—Sí, sí. Muy bonito todo, pero deja el drama. Nos dijiste que ya habíamos estado aquí anoche, no creo que vayamos a ver algo que no hayamos visto antes, además, aquí estamos, somos las mismas, así que deja el *show* que no estás en una tarima.

— ¿Vas a seguir, insolente? ¿Es obligatorio que debes arruinarme todo? No les ha afectado porque no recuerdan nada, pero las cosas que verán…

—Ay, sí, ya. ¡Al grano, pues! A ver, muestra. Veamos qué es lo que ronca tu motor. —Lo interrumpe Verónica de nuevo, esta vez más altanera que la anterior.

Eddie decidió ignorarla, comenzó a realizar una especie de ritual de relajación, o el simulacro de estar invocando alguna especie de deidad antigua, mientras Cristina y Aurora lo veían con terror, los guardias con un poco de asombro, y Verónica con gestos de profundo fastidio e incredulidad.

Cuando finalmente Eddie comenzó a dar pasos hacia el interior de la casa, todos lo siguieron, incluyendo Verónica que se intentó rehusar hasta que uno de los guardias, de un solo empujón, la hizo moverse casi 3 metros y tropezar con un cuadro de Freddy Mercury.

—Cuidado dañas algo, amiga. Porque en ese caso, definitivamente tendré que desaparecerte de la faz de la tierra. —

Dice Eddie desde la puerta que comunica al gran salón con un pasillo un poco estrecho que da a un elevador.

Los guardias hacen espacio, dejan pasar a *Las Strong Sisters* solas, y luego solo uno de ellos, el que portaba más armas (chaleco antibalas, granadas, bombas, dos pistolas 9mm y una metralleta automática) las acompaña hasta la entrada del elevador.

—Lo ideal sería subir todos juntos, pero ya sabrán, no se permite exceso de equipaje. —Dice Eddie a tono de broma muy pesada. Acto seguido, estando ya casi todos arriba, esperan por Verónica que tuvo que subir sola en un segundo viaje, acompañada de 2 guardias más.

Estando ya todos en ese segundo piso, pueden percibir un aroma extraño, como el de alguna planta exótica, hasta que luego se distingue que es marihuana.

—En este pasillo suceden dos cosas: se cultivan mis bebés, y se deleitan mis clientes.

Eddie Mercury tiene un negocio redondo en su mansión, provee placeres sexuales en habitaciones acondicionadas para todos los gustos, al mismo tiempo que cultiva marihuana que vende a sus habituales clientes.

El pasillo es un poco largo y ancho, a los lados hay diferentes habitaciones. La primera a la izquierda, según les va relatando el propio dueño de la mansión a *Las Strong Sisters*, es donde se produce y procesa la marihuana que es obsequiada como estimulante sexual a los clientes más asiduos, mientras que, en la primera a la izquierda, justo frente a la ya mencionada, es donde se cultiva y procesa la que es vendida de forma regular, para consumo recreacional.

Ambas habitaciones permanecen siempre cerradas, aunque a través de las persianas se pueden apreciar sombras que de un modo u otro permiten imaginar lo que ocurre dentro, donde hay diferentes mujeres totalmente desnudas haciendo el trabajo relacionado con la planta del placer.

Las habitaciones que siguen a continuación en el pasillo son todas para usos sexuales, pero cada una está acondicionada de un modo particular según los diferentes gustos, hasta que finaliza el pasillo con una habitación destinada a la relajación, allí se sirven diferentes tipos de té, se coloca música en audífonos a cada cliente en particular, y se proveen diversos tipos de masajes.

— Esta, la primera a la derecha, es la habitación para los sadomasoquistas. —Dice Eddie señalando la puerta que sigue a la habitación donde se cultiva la marihuana para uso recreacional. Como vienen conmigo, podrán hacer algo que se supone solo yo puedo.

Eddie saca una llave de su bata y abre la puerta, y todos pueden ver que detrás hay otra puerta en un pequeño espacio de apenas algunos centímetros. En ese espacio, al lado de la puerta que da finalmente al interior de la habitación, se puede apreciar una pantalla donde se refleja todo lo que sucede en el interior de la recámara.

— Yo soy el único que tiene esta llave, yo soy el único que puede ver lo que ocurre dentro de cada habitación, y todos mis clientes están de acuerdo con eso. El resto de las habitaciones están diseñadas exactamente del mismo modo. Y hoy ustedes tienen el privilegio de poder disfrutar de un tour conmigo.

Eddie hace señas a *Las Strong Sisters* para que lo acompañen a ver lo que sucede dentro. Cristina y Verónica avanzan sin dudar, mientras Aurora no se siente muy confiada de hacerlo hasta que uno de los guardias la apunta con un arma y ella termina por acceder y acompañar a sus dos amigas a mirar lo siguiente:

Un sujeto, vestido de látex de pies a cabeza, está azotando a una mujer totalmente desnuda que se encuentra atada a un mástil de madera. La mujer tiene los senos inmensos, obviamente son implantes de cirugía estética. Mientras el hombre la azota, se puede ver que tiene una erección que ya no desea ocultar más, y por tanto hace una pausa, deja el fuete a un lado por un momento y comienza a romper la parte del traje que cubre su entrepierna para dejar salir su pene a relucir.

Las Strong Sisters se miran indignadas, Verónica pregunta para qué la obligan a ver eso, Cristina trata de no mirar, y Aurora se muestra seria, con rostro que refleja absoluta incomodidad y molestia, pero por alguna razón, aun cuando aparentemente no lo desean, siguen observando la escena, tal vez más por curiosidad que por otra cosa, o tal vez porque cada vez que volteaban hacia el pasillo, no veían más que al guardia apuntándolas con su arma.

Una vez que el enmascarado de látex ha dejado relucir su pene, el cual era un tanto pequeño, se sube a un banquito que está frente a la mujer atada, y al hacerlo su pene queda justo a la altura de la boca de la amordaza rubia. La rubia de pechos grandes separa sus labios de manera muy sumisa mientras el hombre mete y saca su pene de aquella boca que chorrea bastante saliva.

El enmascarado abandona su privilegiada posición después de follarse la boca de la rubia por dos minutos, va hasta donde está el fuete y comienza a masturbarse mientras azota los pezones de la muy sexy mujer, hasta que llega al orgasmo, eyaculando todo su semen sobre el rostro de ella.

— Debo confesar que el tamaño del pene del tipo le da un toque de realismo a la escena. —Dice Verónica conteniendo la risa.
—Yo no juzgo a mis clientes, y menos a este que es tal vez uno de mis favoritos, siempre viene y gasta fortunas en los servicios que aquí proveo, así que no me interesa nada de él, excepto darle el trato que merece, el excelente trato por el que muy bien ha pagado.

Verónica intenta hacer otra broma acerca del pene del tipo, pero Eddie la toma del brazo y la lleva hasta la siguiente habitación. El resto de *Las Strong Sisters* los siguen, guiadas todavía por el arma del guardia.

—Esta es la habitación de los cuentos de hadas, donde las fantasías se vuelven realidad. —Dice Eddie con un tono propagandístico mientras abre la puerta para dar paso a la pantalla, igual que con la habitación anterior.

Mientras ven la pantalla, notan que están un hombre y una mujer usando disfraces, ella viste como caperucita mientras que él está desnudo usando solo una máscara de lobo. La mujer está de rodillas aplicando sexo oral al hombre que cada dos o tres segundos aúlla mirando al techo.

Mientras *Las Strong Sisters* observan con atención, Eddie se da cuenta de que Aurora se lame los labios justo mientras caperucita lame la cabecita del pene del lobo feroz.

—Creo que están disfrutando muy bien del *show*. —Dice Eddie con algo de malicia, haciendo que Aurora se ponga más seria y recupere la tensión que había comenzado a perder al mismo tiempo que caperucita se coloca en posición de perrito para que el hombre con máscara de lobo la penetre salvajemente.

La penetración era tan fuerte, que cada vez que el pene salía, goteaban fluidos, y cuando entraba, bien hasta el fondo de la vagina de la mujer, se podía escuchar el golpeteo de sus testículos chocando con la piel de ella.
Amo ese sonido —Susurró Eddie— Vayamos a la otra habitación.
Esta es la sala de los juguetes, donde solo los adultos pueden jugar. —Comenta Eddie una vez más usando un lenguaje como de comercial de tv que hace que Verónica frunza el ceño.

Al mirar por la pantalla, ven a una chica sola, utilizando

consoladores de todos los tamaños y colores que puedan existir. Primero comienza por masturbarse introduciendo un grueso pene de goma en su vagina, lo mete y lo saca muy lentamente, y luego hace una pausa para aplicar lubricante. Una vez que lo vuelve a meter, ahora con mucha más fuerza y velocidad, toma unas bolas de geisha que poco a poco va introduciendo en su ano hasta estar totalmente penetrada por delante y por detrás y así hundirse en gemidos hasta llegar al orgasmo.

A su alrededor, en toda la habitación, hay toda clase de juguetes, desde vaginas y penes de goma, hasta anillos vibradores y demás accesorios que se hayan inventado para el placer no tan convencional.

La mujer, apenas 10 segundos después de haber alcanzado el orgasmo, se levanta de la cama y va por un muñeco inflable, lo recuesta en el suelo y se monta sobre él, cabalgándolo mientras lo que sería el pene del muñeco la penetra. Ella sube y baja muy rápidamente, definitivamente está sedienta de sexo.

— Hay clientes muy pervertidos, que aman el sexo con locura, pero que extrañamente no gustan practicarlo con nadie más que consigo mismos. Como ya les dije antes, yo no juzgo a mis clientes, solo trato de comprenderlos para saber qué tipo de cosas les gustan y poder ofrecérselas. Después de todo, de esto es que vivo, de darle placer a las personas más depravadas del mundo.

Las palabras de Eddie de algún modo molestaban a *Las Strong Sisters*, que a medida que avanzan por el pasillo en su recorrido con él, se sentían cada vez más consternadas e intrigadas acerca de qué hacían ellas allí la noche anterior con él, pues luego de presenciar actos sexuales tan poco convencionales, lo del anillo comenzó a pasar a un segundo plano.

— Ahora quiero que vean la que es una de mis favoritas, la misma donde Verónica se dio banquete anoche.

Los ojos de Verónica no podían abrirse más, estaba asustada, petrificada con lo que acababa de escuchar de parte de Eddie. No podía creer que ella había sido parte de las cosas que allí ocurrían, pero su mayor temor se debía a que conforme iban avanzando, las temáticas parecían ser cada vez más perversas.

—Vamos, no seas tímida. Anoche no lo fuiste en absoluto. —Dice Eddie a Verónica que parece estar congelada, no se atreve a dar un solo paso más, a pesar de que Eddie la llama y el guardia la apunta.
—Ya va, ¿cómo que yo me di banquete anoche allí? Bueno, me imagino que es un gran salón con muchos y diferentes tipos de pastel. Si es así, pues tendría mucha lógica. —Comenta Verónica con una risa nerviosa que delata el miedo que siente.
—No tengas miedo pequeña. —Dice Eddie tratando de sonar tierno con un tono algo paternal, cuando realmente se le escucha como todo un pederasta.

Verónica se arma de valor, se recompone y avanza firme en sus pasos, convencida de que nada de lo que pueda ver la asustará ni preocupará. Al llegar a la habitación, Eddie abre la puerta como las veces anteriores, pero en esta ocasión la habitación está vacía, o por lo menos no está ocupada por nadie.

Desde la pantalla solo se ven una cama, un mueble, y lo que parece ser unas cuerdas en el piso. Eddie abre la puerta que sigue, la que da acceso a la habitación como tal, algo que no hizo con ninguna de las puertas anteriores.

—Pasen, desde que esta chica hizo sus desastres anoche, no ha venido nadie solicitando los servicios de esta recámara. —Dice Eddie mientras hace entrar a *Las Strong Sisters* y les hace señas a los guardias de que esperen afuera.

Primero entró Cristina, luego Aurora y por último Verónica. Las tres estaban asustadas, por la mente de Aurora se coló la idea de que quizás Eddie les pediría favores sexuales a cambio de información sobre el paradero del anillo, sin embargo, decidieron afrontar sus miedos y tratar de resolver la situación en la que ellas mismas se habían metido.

—Bien, lo que voy a decir solo lo diré una vez, así que por favor no me hagan arrepentirme de mi generosidad con ustedes y llamar a los guardias para que hagan con ustedes lo que les dé la gana.

Las Strong Sisters se miran entre sí, buscando algo de motivación en sus miradas, pero lo que encontraron fue resignación, y la primera en manifestar que acataría cualquier orden, fue la propia Cristina, a pesar de su carácter feminista y luchador.

Las Strong Sisters se encontraban en una especie de encrucijada. No sabían lo que les deparaba estar allí, el futuro no parecía alentador en lo absoluto. Sin embargo, tampoco podían retroceder, ya habían emprendido un camino sin retorno, y aunque desearían no haber entrado nunca a esta lujosa mansión, ya no había tiempo para mirar atrás.

— ¿Alguna de ustedes conoce la anécdota de la fiesta que dio Freddy Mercury?

Todas *Las Strong Sisters* se miran con extrañeza ante la pregunta de Eddie, no tenían la más mínima idea de qué les hablaba, y mucho menos comprendían qué relación podía guardar con todo el tema en el que estaban envueltas.

—Bueno, no las voy a culpar, a pesar de que Freddy es el hombre más famoso del mundo, hay gente ignorante que no sabe casi nada sobre él. Siéntese las tres en la orilla de la cama y presten especial atención a lo que les voy a contar.

Las tres hacen exactamente lo que Eddie les dice, se sientan una al lado de la otra en la cama gigantesca que abarca casi todo el centro de una habitación donde lo único que hay además de la cama es un látigo tirado en el suelo y un tv pantalla plana tamaño gigante justo detrás de la cabeza de Eddie, quien las mira de frente a punto de narrar una historia que para él era súper interesante.

Eddie comienza a hablarles de una fiesta organizada por Freddy Mercury y Verónica está distraída, no para de escanear con su vista la habitación, tratando de hacer alguna especie de radiografía visual que le permita encontrar en su memoria el resto de algún recuerdo y así poder saber qué hizo ella la noche anterior allí, porque no lo recuerda en lo absoluto.

—Bueno, resulta que, en esa fiesta, los anfitriones que recibían a los invitados eran enanos con bandejas en sus cabezas, sobre las cuales había líneas de cocaína. En el baño había hombres y mujeres de rodillas, dispuestos a darle sexo oral a todo el que lo desease. Así era Freddy Mercury, así eran sus fiestas, y de allí encontré la inspiración para ser el mejor en esto que hago, vender los placeres más obscuros a los clientes más perversos, que después de todo, son personas comunes como ustedes o como yo, solo que con gustos un poco peculiares. Y es que al final de cuentas, Mark Twain tiene razón: Todos somos como la luna, tenemos un lado oscuro que no mostramos a nadie.

Aurora y Cristina han quedado mudas, después de escucharlo incluso han reflexionado un poco sobre los prejuicios, pero Cristina sacude la cabeza para preguntarse qué puede tener que ver todo aquello con su anillo.

—Bien, dentro de los diferentes placeres que puedo proveer a mis clientes, algunos piden llevarse documentadas sus experiencias, es por ello por lo que siempre hay una cámara grabando todo lo que sucede dentro de estas paredes. Si un cliente se marcha y no reclama su copia de la cinta de grabación, automáticamente se destruye para evitar que caiga en las manos equivocadas, porque una de mis normas es la discreción. Sin embargo, la de anoche aún no las hemos destruido, y a continuación quiero que vean algo muy interesante.

Eddie deja de hablar, les da la espalda, busca un control remoto que está al lado del tv y lo enciende. Al hacerlo, comienza a rodar una grabación que deja ver a una mujer pasada de peso, vestida de cuero, con un antifaz de verdugo y un látigo en una de sus manos. Se trataba obviamente de Verónica.

Aurora y Cristina lanzan una rápida mirada a Verónica quien seguía tratando de mirar hacia los rincones de la habitación sin comprender nada de lo que pasaba y mucho menos recordar lo que hizo la noche anterior.

—También tenemos la costumbre de limpiar y recoger todo en las habitaciones una vez que se marchan los clientes, por eso es por lo que no ven en este momento nada de lo que se puede apreciar en el video que están presenciando. —Dice Eddie a modo de disculpa por estar tan vacía la habitación a diferencia de cómo se ve en el video.

En el video se comienza a apreciar que Verónica, vestida de Dominatrix, con botas de cuero y licra totalmente ceñida al cuerpo, está azotando a un joven muy blanco y delgado que parece disfrutar al máximo la experiencia.

Verónica ha quedado con la boca abierta, Cristina no sabe si seguir mirando o taparse los ojos, mientras Aurora se debate entre si agarrar a golpes a Eddie o regañar a Verónica, no solo por haberse prestado para eso, sino por haberlas metido a las tres en semejante lío.

Justo cuando Verónica se arrodilla frente al joven del video, Eddie decide detener la grabación.

—No seré yo quien les muestre el lado más oscuro de ustedes mismas, pero quiero que aprovechen de echar una mirada en su interior, hacia lo más profundo del abismo, y se pregunten si en realidad son quienes creen ser.

— ¡Yo sé quién soy! —Exclama Aurora muy molesta— ¡Yo soy la que le va a dar un par de cachetadas a esta gordita por prestarse para semejante asquerosidad!

— ¿Cómo pudiste hacernos esto, Verónica? ¡Una cosa es que decidas llevar tu vida privada como todo un desastre, pero involucrarnos a nosotras, meternos en esto, ya es demasiado! — Reclama Cristina contagiada de la indignación de Aurora mientras Verónica no sabe qué decir, está pálida.

— ¿Ustedes creen que Verónica es la culpable de sus desgracias por ser la única que se divirtió anoche? Yo ya les dije que no seré yo quien les haga ver cómo son cada una en su interior, pero sí les diré algo: Ella no fue la única que cumplió sus fantasías y las de otras personas anoche.

5. EL CLIENTE SIEMPRE TIENE LA RAZÓN

Eddie las deja a solas un instante, Aurora y Cristina miran con mucho desprecio a Verónica, pero solo por segundos, pues las últimas palabras de su anfitrión las ha dejado intrigadas. Aurora ya se arma en su cabeza una película en la que Verónica la hizo ser cómplice de sus locuras, mientras Cristina comienza a creer que tal vez, de algún modo, todo fue culpa de ella y no Verónica, o por lo menos la responsabilidad puede que sea compartida, más allá de lo que de por sí ya imaginaban.

Al cabo de apenas unos segundos, Eddie vuelve a entrar a la habitación con una sonrisa un poco maquiavélica.

— A ver, niñas. ¿Qué es exactamente lo que buscan? ¿El ridículo anillo? Bueno, yo personalmente las voy a ayudar de la única forma en la que puedo, ayudándolas a recordar lo que hicieron, y dándoles un poco de información que puede serles muy útil.

Las palabras de Eddie les resultaban un poco incómodas, pero la verdad era que él tenía razón, esa era la manera en la que podrían por lo menos tener una idea de dónde estaría el anillo, al mismo tiempo que sabrían, al menos por referencia, qué habían hecho exactamente la noche anterior.

—Lo primero que necesitan saber es que ustedes vinieron a dar aquí gracias a un cliente mío muy especial, uno del tipo VIP, de esos que derrochan toda su fortuna en mi negocio y por tanto reciben un trato único y especial. No me pregunten cómo ni por qué, pero ustedes estaban acompañadas de él cuando fui a cierto bar de *strippers* de cuyo nombre no me quiero acordar. —Dice Eddie con algo de suspicacia en sus palabras.

Las Strong Sisters miran con atención a Eddie porque además de lo que ya les ha mostrado, con lo que les va contando deja ver que realmente sabe de lo que está hablando, y parece entonces que él sí podría ayudarlas a encontrar el anillo.

— ¿Saben qué me impresiona realmente? Que ustedes hayan estado con él o, mejor dicho, que él las haya recibido en su mesa y además les haya pagado la cuenta y por si fuera poco, les hubiera permitido realizar sus fantasías.

Cuando Eddie dijo eso, todas comenzaron a mirarse unas a las otras, y Eddie las interrumpió de golpe antes de que comenzaran a susurrar algo entre ellas.

— ¡No sean ridículas! Cuando digo que estuvieron con él me refiero a que lo estaban acompañando en aquel lugar del que les estoy hablando, no de que se acostaron con él ni nada por el estilo. ¡Por favor! ¿Acaso no están prestando atención? Estamos hablando de un sujeto reservado con mucha clase, con gustos raros pero refinados. ¿Ustedes de verdad creen que el querría estar con alguna de ustedes? ¡Pues no! ¡Definitivamente no! — Dijo Eddie con mucho énfasis mientras *Las Strong Sisters* de alguno modo suspiraron con alivio— Ahora, vuelvo y repito: por alguna razón que ignoro, ustedes lograron captar su atención y su amabilidad, algo que no es del todo difícil porque él es muy generoso, pero lo que sí es raro es que haya querido tenerlas en su mesa.

—Bueno, ya. Dinos por fin qué hacíamos con el fulano cliente tuyo ese, y también dinos dónde está el bencito anillo, o por lo menos cómo podemos conseguirlo. —Exclama Verónica demostrando que ella también podía perder la paciencia.

Eddie se mostró un poco molesto por las palabras de Verónica que de cierta manera interrumpían su discurso, pero suspiró, se llenó de aire y paciencia, y decidió continuar con su relato.

—Déjame hablar, amiguita. —Dijo con algo de mala intención antes de continuar su narración de los hechos. —La cuestión es que una vez que me vio entrar, me hizo señas de que me acercara a él, y al llegar me comentó que ustedes eran sus nuevas amigas y que él quería ayudarlas a cumplir sus fantasías. ¿Quieren saber cuáles eran esas fantasías? Pues presten mucha atención a lo que les voy a mostrar ahora.

Cuando Eddie había salido un instante atrás, lo que estaba haciendo era colocar otro par de cintas de grabación en el reproductor de video, estas nuevas cintas contenían lo que había sucedido en otras dos habitaciones. Una vez que activó de nuevo la tv, se dejó ver a Aurora vestida de profesora inglesa, con lentes, cabello recogido, uniforma académico que incluía un saco vino-tinto muy ajustado que dejaba ver la mitad de sus pechos firmes y redondos, y una falda con medias pantis y ligueros que le podrían resultar excitante a cualquier hombre heterosexual o a casi cualquier persona; todo ambientado en una recámara donde había un escritorio, una pizarra escolar y una regla de grandes dimensiones.

Aurora se llevó las manos a la boca cuando en el video se ve que parece un joven cuya apariencia muestra que si tenía 25 años era demasiado. El joven se ve tímido, sumiso, y ella en el video comienza a manipularlo para que se desvista. *Las Strong Sisters* no pueden ver más allá porque Eddie decide poner en pausa la grabación, con Aurora totalmente indignada y Cristina y Verónica mirándola de reojo.

— ¡No puede ser ¡Esto es imposible! Yo jamás me habría prestado para algo así, eso de verdad es inaudito. ¿Qué me hiciste, Verónica? ¿Cómo lograste que yo me prestara para tus juegos y tus locuras?

—No, querida. No culpes a nadie de tus más perversas fantasías. Todos tenemos deseos muy oscuros, algunos más que otros, pero todos los tenemos. Lo que viste allí fue tan solo el preámbulo de una fantasía reprimida que tenías y que mi cliente quiso ayudar a que hicieras realidad.

—Pero es que…

—Es que nada, mi amor. La del video eres tú. Pero la cosa no acaba allí. —Agrega Eddie mientras presiona de nuevo un par de botones en el control hasta que en la pantalla se ve a Cristina sola, en ropa de mujer policía, muy sexy, usando una camisa azul y unos pantalones muy ajustados, y con unas esposas en las manos.

Cristina abrió tanto los ojos que el mundo entero podría caber en ellos. Tanto aurora, que aún no superaba su indignación, y Verónica que comenzaba a sentirse redimida ante las oscuras verdades que ocultaban sus amigas, empezaron a mirar fijamente a la pantalla esperando con ansias el final del video, donde de pronto se dejaba ver cómo comenzaban a entrar varios hombres en la habitación donde estaba Cristina vestida como una mujer policía muy sexy. Todos los hombres entraban sin camisa, en jeans, y todos lucían como de aspecto ruso, eran generalmente rubios, de ojos azules y facciones muy europeas.

Eddie de nuevo detiene el video, *Las Strong Sisters* han quedado mudas. Aurora y Verónica casi suplican porque quite la pausa, pero Eddie termina apagando el tv.

—Esto es muy sencillo. Primero que nada, las invito a que dejen de ser ridículas y reconozcan de una vez por todas que esos eran sus sueños eróticos reprimidos, y por favor empiecen a darme las gracias por haber ayudado a cumplir sus fantasías. —Dice Eddie mientras todas se sonrojan para luego Verónica y Aurora mirar con cierta extrañeza a Cristina debido a lo que acababan de observar y lo que podían deducir de ello.

—La gordita sin duda es una pervertida a la que le gusta dominar hombres, azotarlos, maltratarlos, y eso para mí es muy delicioso.

Por otro lado, tú… —Agrega Eddie ahora señalando a Aurora— Eres toda una MILF, y créeme que deberías sentirte orgullosa, pues no solo tienes una fantasía interesante, sino que dicha fantasía es a su vez la fantasía de muchos hombres, especialmente los más jóvenes. Recuerda que la mayoría de los chicos siempre fantasean con estar con una mujer mayor, el problema es que en la vida real las mujeres mayores casi nunca son muy atractivas. Sin embargo, tú de verdad eres muy bella, sensual, y por lo visto tienes mucho talento para esto.

Aurora se sonroja por completo, no sabe si maldecir o dar las gracias, mientras que Verónica sonríe como quien es culpable de un crimen, pero acaba de ser declarada inocente, la típica sonrisa de quien se está saliendo con la suya.

—Ahora, lo tuyo sí fue un poco más *hardcore*. —Dice Eddie dirigiéndose ahora a Cristina— Tu fantasía fue realizar un *gangbang* con más de cinco sujetos. Bueno, en realidad no sabría decir cuántos, no quiero volver a ver el video para contarlos. Lo que sí puedo decirles es que cada una vivió su fantasía y al mismo tiempo hizo realidad la fantasía de otros. ¿No les parece bonito? Ustedes, mi cliente, y los que ustedes mismas invitaron, todos salieron ganando de un modo u otro, y yo por supuesto recibí mi buena bonificación por proveerles el espacio y todo lo que hiciera falta para que encerradas en estas paredes ustedes pudieran ser ustedes mismas por unas cuantas horas.

Las Strong Sisters estaban un poco avergonzadas, pero al mismo tiempo sabían que por muy mal que les cayera Eddie Mercury, él tenía razón en lo que les estaba diciendo. Y, por otro lado, podían sentirse agradecidas de que no solo no las lastimaría, sino que además se mostraba cooperativo en ayudarlas a conseguir el anillo.

—Lo que debemos hacer ahora es ir directo al grano. Cuando las vi en el bar de *strippers* ustedes prometieron que cumplirían sus fantasías y se marcharían sin volver a molestar, pero resulta que aquí están de nuevo como la mosca sobre la comida, fastidiando una y otra vez, de manera muy insistente. Para que no haga con ustedes lo que yo haría con una mosca molesta y fastidiosa, lo mejor es que presten demasiada atención a la información y el consejo que les voy a dar en este momento —Todas asintieron con la cabeza mientras Eddie sacaba de su bata unos papeles que les fue entregando una a una.

—En lo que les estoy entregando podrán ver la ficha de los clientes que ustedes trajeron esa noche. Eso es información clasificada, eso es algo que no he hecho jamás por ninguna otra persona, lo hago hoy por ustedes únicamente por mi cliente especial.

—Ya que lo mencionas. —Interrumpe Verónica— ¿Se puede saber quién rayos es ese cliente VIP?

—Esa es una pregunta muy osada. Cuando salí hace unos minutos, casualmente atendí una llamada de él donde me pedía que las ayudara a resolver su problema. El pobre tuvo que llamarme luego de que le escribí que ustedes estaban aquí fastidiando. Por alguna razón ustedes le caen muy bien, pero eso que me pides es imposible. Yo jamás revelo ninguna información de mis clientes. De hecho, las cintas que acaban de ver serán destruidas apenas ustedes se marchen de aquí. Ahora, ¿Quieren o no mi consejo para que puedan encontrar el maldito anillo ese que andan buscando?

—Por supuesto que sí. —Respondió Aurora de inmediato.

—Así me gusta. —Dijo Eddie con una satisfacción plena en su rostro, pues le encantaba que las personas a su alrededor hicieran lo que él ordenaba o sugería— Bueno, vayan y busquen a esa gente, invítenlos a tener una nueva experiencia, esta vez gratis, si quieren inventen la excusa de que eso es gracias a que fueron clientes muy bien portados, o si quieren ofrezcan una rebaja de 50 %, o qué sé yo. Inventen algo que sea como una especie de oferta que no puedan rechazar, y luego, una vez que estén en pleno acto, interróguenlos. Yo estoy completamente seguro de que alguno de ellos sabrá dónde está el bendito anillo.

— ¡Noooo! ¡Imposible! ¡Yo no haré eso! —Exclama Aurora con la indignación que la caracteriza.

—Usted cállese la boca y haga caso. —Dice Eddie sacando un arma muy pequeña de su bata, de esas que en las películas siempre se dice que son pistolas de mujeres— Ustedes hagan lo que yo les digo, y márchense de aquí de una vez por todas, por favor. Y eso sí, aquí no vuelvan más, vayan y hagan sus cochinadas en otra parte.

Eddie se ríe, obviamente hay algo de cinismo en sus palabras, y habiendo terminado de hablar con *Las Strong Sisters*, les ordena a sus guardias que acompañen a las mujeres a la salida de la propiedad, lo cual hicieron a pesar de que Verónica por alguna razón mostraba intenciones de no irse aún, como si todavía le faltase algo por descubrir.

Estando ya afuera, todas se preguntan cómo hacer lo que Eddie les sugirió, pero una pequeña sorpresa les aguardaba: por haber dejado el auto cerca de un árbol, un grupo de pájaros defecó sobre todo el techo y el vidrio del parabrisas del KIA de Aurora, y para poder marcharse de allí, debían obligatoriamente limpiarlo ellas mismas con sus propias manos.

—Maldita sea, Verónica. ¡Todo esto es tu culpa! —Reclama Aurora mientras intenta quitar las manchas con fuerza para luego rendirse y pasarle un par de paños a Verónica y a Cristina.
— ¿Mi culpa? —Responde la más redonda de *Las Strong Sisters*.
—Disculpa, pero yo no soy la que anda intensa con recuperar un anillo. Yo entiendo que vale mucho, y estoy de acuerdo en que debemos ubicarlo, pero yo no fui quien lo botó.
—Bueno, ¡Si tanto les molesta, no ayuden y ya! —Replica Cristina un tanto alterada lanzando el paño al suelo. —Es más, ¿Saben qué? ¡Me largo! ¡Me voy a pie a buscar mi anillo yo sola, yo veré cómo rayos lo encuentro!
—No seas ridícula, Cristina. Ya nos vamos, solo colabora a tratar de limpiar este desastre y ya. Seamos honestas en algo, todas tenemos la misma culpa en todo esto. Es cierto que Verónica es una terrible influencia, pero…
—Hey! ¿Qué pasa? Yo soy lo máximo.
—Déjame terminar, por favor. Les decía: Todas somos igual de culpables, y aunque Verónica de cierto modo nos haya arrastrado

a esto, también es una verdad absoluta que todas estamos bastante grandes como para responder por nuestros actos, y la mayor verdad de todas es que somos *Las Strong Sisters*, y *Las Strong Sisters* se ayudan en las buenas y en las malas. Así que nada, a limpiar se ha dicho que aún nos queda mucho por hacer.

Aurora sabía cómo motivar a Cristina y Verónica, ella siempre ha sido la líder del grupo, no solo por ser la mayor, sino porque es la más sensata, la que piensa con cabeza más fría, y a pesar de ser un poco prejuiciosa y conservadora en algún sentido, sabe que deben ayudarse entre sí, aun cuando se trate de situaciones desagradables.

Con afán y mucho más animadas luego del discurso de Aurora, lograron limpiar el vehículo, o por lo menos lo más necesario para poder irse del lugar. Una vez que encendieron el carro y se fueron, Aurora y Cristina notan que Verónica no para de ver hacia el interior de la propiedad de la cual poco a poco se iban alejando, la misma que cada vez se iba haciendo más pequeña en el espejo retrovisor.

—Solo hay una cosa que de verdad no me quedó muy clara de ese Eddie Mercury. —Susurra Verónica en un tono de voz muy bajo, pero que igual el resto de *Las Strong Sisters* pudieron escuchar— Si ese tal Eddie Mercury tiene tanto dinero, ¿Por qué no nos ofreció bocadillos? Quiero decir, debería, después de todo, gracias a nosotras tuvo ganancias, además de que es una manera de agradar a los clientes y a las personas en gener…
— ¡Verónica! ¿Podrías pensar en otra cosa que no sea comida?
— ¡Claro que sí, Aurora! Puedo pensar en hombres, en alcohol, en fiestas… pero ya sabes, la comida es mi debilidad.

Una vez más todas vuelven a reír con las locuras de Verónica, porque así son *Las Strong Sisters*. Se pelean, se disgustan, pero más temprano que tarde terminan contentas de nuevo, ya sea gracias a la paciencia y la sabiduría de Aurora, al temple y las buenas intenciones de Cristina, o al muy buen humor de Verónica. *Las*

Strong Sisters siempre son muy unidas, pase lo que pase.

—Muy bien, chicas. Este es el plan: Revisemos cada una la información que nos dio Eddie, vayamos a esas direcciones que aparecen allí y ubiquemos a nuestros "clientes", para ofrecerles una noche extra gratis. Dedicamos el resto del día a arreglarnos, y hoy mismo resolvemos eso.
—Bueno, yo ya leí la ficha del mío, y parece que es un empleado de una tienda de electrodomésticos de la cual no estamos muy lejos, podríamos pasar de una vez. Aunque no sé cómo hacer eso.
—Le responde Verónica a Aurora con algo de pena.
—No te preocupes, me bajo yo y hablo por ti. ¿Te parece? ¿Y tú, Cristina? ¿Qué dice tu ficha?

Cristina se queda muda, no responde, solo se sonroja y mira hacia los lados como quien tiene la respuesta a una pregunta que no quiere responder en realidad.

—Bueno, dejemos lo tuyo de último, el mío al parecer es un estudiante universitario que está residenciado en un campus que también está un poco cerca de acá, pero voy a necesitar que sea Cristina quien lo ubique por mí, no quisiera que algún estudiante me reconozca o algo por el estilo.

Fueron primero hasta la tienda de electrodomésticos donde Aurora fue quien dio la cara.

—Hola, ¿Se encuentra Miguel Pérez? —Pregunta Aurora al que parece ser el encargado de la tienda, un sujeto alto, delgado, de bigotes pronunciados.

Buenas tardes. Sí, se encuentra en la sección de videojuegos. — Le responde el muy ocupado gerente.

Aurora se dirige hacia donde le indicaron, y al llegar ve a un hombre de estatura promedio, pero cuyo cuerpo luce extremadamente delgado y la piel tan blanca como la de alguien que no ha recibido rayos de luz solar en años.

—Hola, ¿Eres Miguel? —Preguntó Aurora al joven que lucía, más que apenado, horrorizado. Se notaba que era alguien extremadamente tímido e introvertido.

—Bien, creo que sí. Te cuento rápidamente: Estoy aquí porque hace apenas una noche contactaste a mi representada, una trabajadora de servicios placenteros, y te queremos informar que por ser muy buen cliente tendrás una noche extra gratis. —Expone Aurora ante la falta de respuesta de parte del tímido joven— Debes estar atento de tu celular, allí se te avisará lugar y hora del encuentro, pero necesito que me confirmes que harás uso de ese beneficio que como cliente VIP te estamos otorgando. El joven solo asintió con la cabeza, como ansioso, sin poder hablar, como si algo le impidiera abrir la boca al mismo tiempo que se notaba que temblaba. Aurora, extrañada por la actitud del joven, entendió que por lo menos aceptó lo que se le propuso, y se devolvió al auto.

— Verónica, creo que estás abusando de un joven con discapacidad o algo por el estilo. —Dijo Aurora al volver al auto para continuar su camino, esta vez en busca de la residencia del estudiante universitario que sería el cliente de ella.

Al llegar al campus, Aurora le da la dirección a Cristina, quien pensativa se baja del vehículo y de inmediato pudo dar con la dirección en cuestión. Al entrar al edificio, Cristina nota que es una residencia estudiantil exclusivamente para varones, por lo que se sintió un poco apenada, pues no paraban de verla un poco extraño todos los jóvenes que circulaban por el primer piso.
—Chico… —Le dice Cristina al primero que vio pasar por el frente sin quedársele viendo en lo absoluto, el único que de verdad ni se fijó en ella— ¿Podrías decirme dónde ubicar a este joven?

El joven se fija con detenimiento en la dirección que está escrita en el papel que Cristina le muestra, y al leer con mucho cuidado, se torna más serio de lo que ya estaba y comienza a mirarla de pies a cabeza, como buscando en ella la respuesta a algún tipo de pregunta que se hace en su mente. El joven al que Cristina se dirigió fue realmente el único que no notó su presencia cuando ella llegó, y fue precisamente por eso que ella lo eligió para que la ayudara a dar con la dirección que buscaba, eso sin saber que ese mismo chico era precisamente el que ella estaba buscando.

— ¿Qué sucede? ¿Por qué no respondes?
— ¿Para qué me buscas? ¿Quién te mandó?

Cristina se asustó un poco ante la forma en la que el muchacho le habla, pero luego recuerda que ella es mayor que él y no debería temerle a alguien que parece ser un joven adulto al que le gusta portarse muy mal.

—Mira, niño. Presta mucha atención. Tú solicitaste un servicio hace poco, uno muy placentero con una profesora que te hizo pasar una noche deliciosa. Te voy a hablar lo más claro posible: ¿Te gustaría repetir?

—El rostro del muchacho cambió por completo. Primero vio para los lados como asegurándose de contar con discreción, luego le devolvió una sonrisa a Cristina y le demostró que esta vez le prestaría total atención a lo que sea que le fuera a decir, actitud con la cual de cierto modo le dio a entender que la respuesta a su pregunta era totalmente afirmativa a pesar del silencio.
—Muy bien, eso pensé. Ok, te explico: Tendrás una nueva noche gratuita, es un premio que te has ganado por haber sido nuestro cliente número mil. Pero el beneficio solo lo puedes recibir esta noche y debe ser aquí mismo en tu residencia. ¿Qué dices?

Rick asintió emocionado y dejó a Cristina hablando sola, pues subió rápido las escaleras. La realidad era que recibir a una MILF en su propia habitación de estudiante universitario era para él cumplir un sueño erótico muy anhelado, así que se fue de inmediato a arreglar el lugar. Mientras subía las escaleras, volteó para ver a Cristina y con señas le preguntó a qué hora sería eso, ella, también con señas, le manifestó que debía estar atento, que le avisarían a su celular.

—Listo, ya te cuadré todo. Solo debes enviarle un mensaje diciéndole a qué hora vienes esta noche. —Le dice Cristina a Aurora una vez que se monta de nuevo en el vehículo.
— ¿Qué? ¿Voy a venir para acá? ¿Será aquí la cosa? ¡Estás muy loca, Cristina! ¿Cómo se te ocurre?
—Ay, ya. Deja el drama. —Interrumpe Verónica. Te vienes vestida de incógnito, le escribes que si no garantiza discreción no habrá nada de aquello, y te aseguro que ese muchacho hará todo lo que le pidas y no permitirá que nadie te vea el rostro o quizás ni una sola parte de tu cuerpo. Creo que hasta manda a acerrar todo el campus solo para que le cumplas su fantasía de follarse a una MILF. Porque estoy segura de que ese debe ser su sueño erótico más recurrente.
—Bueno, está bien. —Dice Aurora con una voz que la deja ver entre incómoda y resignada— Vayamos ahora a contactar al cliente de Cristina, y luego a arreglarnos que hay mucho por indagar aún.
Cristina baja la cabeza sonrojada, con rostro de verdadero arrepentimiento.
—A ver, cuéntanos. ¿Dónde está tu cliente?
—Querrás decir *clientes*, en plural. Porque resultó que a la niña no le alcanzaba con uno, ni dos, y por lo tanto se buscó a un batallón completo. —Exclama Verónica ante la pregunta de Aurora, riéndose a carcajadas, de forma muy sonora, como suele ser ella a veces.
— ¡Basta, Verónica! ¿Siempre tienes que ser así? ¿Siempre te burlas de las situaciones molestas de las demás personas? ¿O en solo con tus mejores amigas?

Cristina no midió sus palabras, estaba indignada y sintió que Verónica se burlaba de eso que tanto le avergonzaba, incluso ella misma no entendía cómo había sido capaz de acostarse con tantos hombres a la vez.

—Mira, mi amor. No seas ridícula y exagerada. Te acostaste con cinco galanes, todos rubios de ojos claros, ¿y pretendes hacerte la víctima? ¡Eso se llama cinismo! ¡Yo lo que tengo es envidia! Ojalá hubiera estado yo en tu lugar. Es más, chica, vámonos a buscar a esos tipos que soy yo la que voy a hablar con ellos.

Cristina sonríe un poco, se da cuenta de que hay algo de verdad en las palabras de Verónica, y junto con Aurora van hasta la discoteca donde están los "clientes" de Cristina según la ficha que recibió ella de parte de Eddie Mercury. Al llegar, notan que el ambiente es un poco sombrío, pero al mismo tiempo como elegante, el portero es un hombre joven, aparentemente menor de treinta años, calvo, muy fornido.

—Buenas tardes, señor. Vengo a presentar una oferta especial al encargado de este club, ¿podría decirle que tiene una visita de parte del señor Eddie Mercury? —Pregunta Verónica con un tono de voz muy sexy que al portero parece no agradarle demasiado viniendo de ella, sin embargo, no dudó un instante en ir a avisar lo que ella le comentó.

Al cabo de unos minutos, el portero regresa acompañado de dos hombres más, y la hacen pasar hasta una primera sala donde es requisada.

— ¡Oh, pero qué rico! Cuando vas al gimnasio, ¿Haces ejercicios solo para las manos? ¡Qué fuertes las tienes, mi amor! —Dice Verónica haciendo reír a los dos guardias que la tocaban para asegurarse de que ella no tuviese armas ni micrófonos. Una vez que lo comprobaron, la hicieron pasar hasta una oficina, atravesando primero la sala principal, dejando a Verónica con la boca abierta por lo majestuoso del lugar y con la duda de por qué todos los que allí trabajan tienen aspecto extranjero.

Al llegar a la oficina de Dimitri, el encargado del club, Verónica ve varios detalles como adornos de muñecas rusas, que la hacen darse cuenta de que la discoteca es un lugar rentado por inmigrantes rusos, y detrás del escritorio estaba precisamente él, Dimitri, fumando un gran porro de marihuana, hablando por teléfono, haciéndole señas de que lo espere un momento.

—Hola. ¿En qué puedo ayudarte? Pregunta Dimitri con una pistola 9mm en su escritorio, luego de colgar la llamada.
—Vengo de parte del señor Eddie Mercury. Usted y varios sujetos más solicitaron un servicio particular anoche, y le tenemos una oferta especial por ser un cliente tan distinguido. Si lo desea, podemos proveerle una segunda sesión de lo que ordenó ayer, pero debe ser esta noche y aquí mismo, y si usted acepta, le saldrá gratis.

Dimitri ve a su alrededor al resto de sus empleados, y todos se ríen. Todos los presentes, Dimitri y sus cuatro guardias principales, fueron quienes participaron en la orgía con Cristina, pero no desean en lo absoluto estar con Verónica, y mientras todos ríen, uno de ellos dice algo en ruso que Verónica no entiende mientras todos intensifican sus carcajadas luego de dicho comentario.

— ¿Se puede saber qué dijo el tipo ese? —Pregunta Verónica bastante seria.
—Él solo pregunta que, si fue que te comiste un elefante, porque no te pareces a la chica que vimos anoche. —Responde Dimitri.
—No soy yo quien les va a prestar el servicio, cuerda de tarados. Obviamente será la misma chica de anoche. Parecen estúpidos, de verdad. —Dice Verónica antes de marcharse. —A las 10 pm puntual vendrá mi chica, espero que la traten bien, idiotas— Agregó finalmente y se fue hasta el auto indignada.

Al subirse al vehículo de Aurora, Verónica no emite palabra alguna, está muy seria, cierra la puerta con fuerza y le hace señas a Aurora de que se vayan del lugar.

— Pero ¿qué pasó? — ¿Aceptaron? ¿Qué dijeron? Pregunta Aurora ansiosa mientras Cristina espera atenta la respuesta de

Verónica, pero ella no emite sonido alguno, sus labios están herméticos.

—Ya sé. No te dieron torta. Eso fue. Conozco esa boquita cuando se pone así apretada, algo te molesta. Seguro fue que no te ofrecieron bocadillos. —Agrega Aurora muerta de risa.

—No seas ridícula, aunque sí, eso también me molestó. No, nada, sí aceptaron, a las diez de la noche debes venir, Cristina.

—Muy bien, pero ahora sácame de una duda. ¿Qué sucedió allí dentro? ¿Por qué saliste así de molesta? —Pregunta Cristina muerta de curiosidad, preocupada de que haya sido algo que a ella misma pueda incomodarle también.

— Nada, que los muy imbéciles se burlaron de mí, de lo gorda que estoy. ¿Ya? ¿Feliz?

—Bueno, si yo fuera tú me desquitaría con ese flaquito al que vas a atender más tarde. Y ten cuidado, se ve muy frágil, no lo vayas a romper.

Todas rieron juntas, recuperaron el buen humor de nuevo, especialmente la propia Verónica, y se marcharon a arreglarse para luego ir a atender a sus respectivos clientes. Una vez ya listas, se fueron al campo de batalla. Aurora dejó a Cristina a la entrada del club ruso, vistiendo una minifalda de cuero, con chaqueta y top muy sexy, usando además el cabello suelto, maquillada totalmente de negro.

Por su parte Verónica fue hasta un motel, donde Aurora la dejó para luego escribir por mensaje de texto al muchacho que ya su proveedora de placer aguardaba por él en la habitación 69. Y por último, Aurora condujo hasta el campus universitario vestida como la profesora más sexy que haya existido. El acuerdo es que la que termine primero le avisa al resto para luego reencontrarse, así que una vez más, *Las Strong Sisters* entran en acción por una causa noble.

6. ¿Y EL ANILLO PA' CUÁNDO?

Verónica está toda cubierta de látex, el traje es totalmente ceñido a su cuerpo, que, si bien no es nada escultural, deja ver unas prominentes nalgas y unos grandes pechos que parecen rogar por espacio para salir del ajustado traje, el mismo que no para de brillar en la habitación 69 del motel donde ella espera por el joven delgado de la tienda de aparatos electrónicos.

Tocan la puerta, es el chico que ella espera. Le abre, el muchacho se muestra muy tímido, y ella recuerda que, a juzgar por la fantasía solicitada, es ella quien debe manejar la situación.

—Hola, esclavo. Llevo horas esperando por ti. ¿Qué haces que no te has quitado esa horrible camisa? —Pregunta Verónica sumergida en su papel de mujer que domina y humilla a los hombres.

El muchacho comienza a quitarse la camisa sin dar un solo paso hacia adelante, Verónica lo empuja hacia adentro de la habitación y cierra la puerta, pero golpea tan fuerte al delgado joven que casi lo tumba al suelo, quien tropieza con los pies de ella y aterriza sobre la cama, quedando inmóvil, pues al tratar de quitarse la camisa los brazos le quedaron atorados y la cara completamente cubierta en telas.

— ¡Quítate eso, idiota! —Le ordena ella mientras lo ayuda de manera muy brusca a terminar de desvestirse. Ya por fin sin camisa ni pantalones, el muchacho se ve como una cosa muy blanca y delgada, de estatura casi infinita, acostado sobre la cama con el pene extremadamente erecto, que era lo opuesto a su cuerpo, pues eso sí que lo tenía bastante grueso.

Verónica ve la masculinidad del joven y entiende que lo que está haciendo no debería ser un trabajo ni una profesión, nada que ver con oficios. Para ella, disfrutar ese pene era precisamente eso, disfrute, lo más parecido a unas vacaciones.

—Ven acá que ese pene no se va a mamar solo. —Dice Verónica antes de inclinarse cerca del borde de la cama para luego introducir el grueso mástil en su boca no sin antes escupirlo y babearlo por completo.

Mientras el raquítico se dejaba succionar el pene por una Verónica bastante dominante, ella solo se deleitaba, tratando de no olvidar que lo más importante en esas cuatro paredes no era su placer propio, sino tatar de sacar información para encontrar el anillo.

—A ver, esclavo. Necesito que respondas todo lo que te pregunto. —Le dice Verónica entre lamidas a su pene y sus testículos.

Él solo jadea y gime, al mismo tiempo que asiente con la cabeza, totalmente entregado a lo que sea que Verónica pida de él. Es un total y completo sumiso que ama que las mujeres lo humillen y lo dominen.

— ¿Te gusta que te lo chupe así? —Pregunta Verónica mientras le da pequeños golpes en los testículos al mismo tiempo que se introduce todo el pene hasta la garganta.
—Sí. —Responde jadeante.
— Sí, ¿qué? —Pregunta ella de manera autoritaria y arrogante.
—Sí, señora.
—Excelente, así me gusta. Aprendes rápido.

Verónica lo toma de las manos, le ordena que se coloque de rodillas, cerca del borde de la cama. Él por supuesto accede, y mientras obedece, ella sube una pierna, coloca un pie sobre la orilla de la cama, y deja que su vagina quede justamente sobre el rostro de él.
— ¡Chúpala! ¡Es una orden! —Exclama Verónica blanqueando los ojos y preguntándose a sí misma por qué no había intentado esa clase de sexo antes.

Mientras el joven se dedicaba a lamer y chupar la vagina de Verónica, a ella le costaba concentrarse en el plan, y cada dos segundos debía intentar recordar la premisa de toda aquella escena, que la verdad estaba disfrutando muchísimo.

— ¿Quién es tu mami?
—Tú, mi señora. Haré lo que me pidas.

Verónica estaba disfrutando muchísimo hasta que el chico dejó de lamer su vagina para ir bajando poco a poco por sus piernas hasta llegar a sus pies y comenzar a darse banquete con ellos. A ella no le agradaba mucho la idea, pero entendió que eso era lo que él quería, y también pensó que así se le haría más fácil concentrarse en extraer información sobre el paradero del anillo.

— ¡Dime dónde está el anillo! —Le ordena Verónica mientras él no para de lamerle los pies.
— No lo sé. ¿Cuál anillo?
— ¡No te hagas el estúpido! —Exclama Verónica antes de darle dos cachetadas y meterle uno de los senos en la boca. ¡Dime! ¿Dónde está el anillo?

El joven atragantado con los pechos de Verónica no sabe qué responder, la mira fijamente a los ojos, con los suyos bien abiertos, asombrado, asustado, y al mismo tiempo extasiado. Verónica nota que su pene está demasiado duro y comienza a masturbarlo mientras le aprieta el cuello. El joven no puede parar de gemir, casi sin poder respirar.

—Dime, pedazo de estúpido, ¿Dónde está el anillo? ¡Quiero ese anillo y me lo vas a dar ya!

Mientras Verónica le daba esa orden, masajeaba muy bruscamente el pene del muchacho, presionándolo fuerte con su puño, deslizándolo muy rápidamente hacia arriba y hacia abajo, de modo que cada vez que su mano bajaba hasta el tronco del pene, una parte de su mano daba un ligero golpe en los testículos que lo hacían sentir un profundo placer.

— ¿Quieres que te dé el anillo? —Alcanzó a duras penas a

preguntar el joven, casi sin poder respirar, ahogado en placer y lujuria.

Verónica no lo podía creer, paró de masturbarlo por un segundo mientras se preguntaba a sí misma si de verdad había escuchado esas palabras. Por fin parecía que podrían encontrarlo, o al menos saber dónde estaba.

—Sí. —Dijo Verónica retomando su papel de Dominatrix— ¡Quiero ese anillo, y lo quiero ya!

El joven se colocó de espaldas a ella, sin decir nada, luego volteó para mirarla a los ojos y acto seguido se inclinó, abriendo profundamente sus nalgas con sus propias manos, como mostrando de la forma más explícita posible el orificio de su ano.

— ¿Qué rayos estás haciendo? —Preguntó Verónica un poco asqueada.
— ¡No! ¡No! Yo no voy a meterte nada por el ano, yo solo quiero que me des el anillo. Agrega Verónica ahora desesperada, fastidiada de la parte sexual y enfocada en recuperar el anillo.

El joven se recompone, se para erguido, apenado, no levanta la mirada del suelo. Está como esperando una especie de castigo mientras Verónica se muestra impaciente ante su silencio.

—Pero dime algo, no entiendo nada. Dime qué sabes del anillo. ¡Necesito ese anillo! ¡Dame ese anillo!

Ante las palabras de Verónica el muchacho siente una suave brisa que se traduce en alivio y satisfacción, y de nuevo se inclina para mostrar su ano, esta vez con una sonrisa, como la de un niño que se ha portado bien y va a recibir un premio por ello.

— ¡No! ¡No! ¡Y no! Que yo no quiero eso, yo lo que quiero es el anillo, no tu mugroso… ¡Un momento! ¿Tú crees que cuando yo te pido el anillo me refiero a…?

El joven, de nuevo apenado y cabizbajo, solo asiente con la cabeza.

— ¿En serio cuando te hablé de que me dieras el anillo, tú entendiste que…? ¡Olvídalo! ¡Maldita sea Jennifer López y su ridícula canción del anillo!

Verónica estaba molesta, frustrada, decepcionada, entre tantas otras emociones, todas similares o relacionadas con el hecho de creer que estaba a punto de dar con el anillo para luego darse cuenta de que todo había sido un malentendido.

Por su parte, el joven estaba muy apenado, no sabía si vestirse e irse, o si desear que la tierra se lo tragara. Verónica entendió la incomodidad, sintió un poco de pena por él, y decidió resolver las cosas de la mejor manera que se le ocurrió.

—Bien, ya que estamos aquí, sigamos en lo nuestro. —Dijo ella antes de tomar la mano derecha del joven y colocarla sobre su vulva— ¡Arrodíllate y chúpala!

El joven fue todo sumiso, se arrodilló frente a Verónica, pero no fue fácil. Ella era tan baja de estatura y él tan alto, que aún de rodillas e incluso inclinándose un poco, no lograba llegar al lugar indicado entre sus piernas.

— ¡Ay, ya! Mejor ven para acá. —Dijo ella mientras se subía al borde de la cama para luego abrirse de piernas.
—Así, esclavo. Así es como a tu mami le gusta que le hagas sexo oral. Muy bien, eres un buen chico.

Verónica decidió que, ya que estaba allí y que no podría dar con el tan buscado anillo, por lo menos aprovecharía la oportunidad para disfrutar lo que por supuesta obligación estaba haciendo. Luego de un rato, se puso de pie, tomó al joven por los testículos, lo hizo colocarse boca arriba en el piso para luego ella sentarse en su cara.

Mientras el joven soportaba el peso de Verónica sobre él, había otra razón para sentir que no podía respirar. Es que además de los varios kilos de más que estaban sobre él, Verónica lo asfixiaba con una mano mientras con la otra lo masturbaba para finalmente agacharse sobre se pene tan erecto, el cual cabalgó como toda una diosa sexual.

—Oh sí, puedo sentir cómo se te pone más grueso. Sé que estás por acabar. Anda, dame esa lechita, ¡esa lechita es mía!

El joven era muy callado, pero sin decir nada disfrutaba muchísimo de todo lo que Verónica le decía y hacía. Ella subía y bajaba, rebotaba sobre su pene, mientras sus pechos también saltaban hasta que no aguantó más. En un último jadeo, la propia Verónica sacó el pene de su humanidad y lo masturbó por apenas tres segundos hasta recibir toda una espesa, blanca y pegajosa carga de semen que parecía el acumulado de varios días, incluso semanas.

Apenas el joven acabó sobre sus pechos, ella le ordenó que se fuera, y en efecto, el joven lo hizo, llamando a un taxi y dejando a Verónica a solas en la habitación, lista para darse un baño y reflexionar sobre la última vez que comió torta.

A algunos kilómetros de allí, Aurora conducía despacio ya camino al edificio del campus donde se veía con el joven al que había atendido la noche anterior, pero de lo cual no recordaba nada en lo absoluto. Mientras manejaba y se veía a sí misma tan sexy en el retrovisor, sintió un poco de remordimiento al recordar a su difunto esposo, pero mientras pensaba en eso, recordó los varios tríos que llegaron a hacer, algunos de ellos con hombres que la follaban a ella mientras él miraba o también la penetraba, y decidió que la mejor manera de cumplir la tarea que le tocaba era precisamente imaginando que Armando la acompañaba.

Cuando llegó al edificio, estacionó su auto en el lugar más alejado posible, aun cuando eso le hizo tener que caminar más, lo cual fue un reto para los elevados tacones que traía puestos. Vestía además una falda negra muy ajustada que dejaba ver un interesante contraste entre sus caderas bastante anchas y su cintura mediana, casi pequeña. Sus pechos pedían ser liberados, se veía que querían salir de la blusa escotada que llevaba sobre la cual lucía un saco negro que dejaba ver sus pechos de la manera más provocadora.

Entró al edificio, atravesó la biblioteca, afortunadamente casi todo mundo estaba en otro lado y por lo tanto, aunque sí captó varias miradas, su llegada tampoco causó demasiado revuelo, por lo que pudo llegar de manera discreta hasta la habitación del estudiante que tan ansiosamente esperaba por ella.

Una vez frente a la puerta, no tuvo la necesidad de tocarla. Él ya sabía que ella estaba allí, así que justo antes de que Aurora diera su primer golpe, él la abrió. La estaba esperando sin camisa, en pijamas, con cara de pervertido.

—Hola, guapo. Debo hacerte un examen oral. ¿Estás preparado? —Preguntó Aurora dejando que sus lentes bajaran un poco para tener mirada de profesora sexy e interesante.

El estudiante la tomó del brazo, la hizo pasar, y cerró la puerta tras ella. Aurora no duró más de tres segundos de pie en la habitación cuando ya estaba de rodillas, con sus enormes pechos al aire, succionando el pene de manera lenta y suave, con mucha saliva.

—Oh sí, deliciosa profesora. Sigue mamando mi pene, así me gusta. Aurora lo introducía por completo en su boca, lo hacía llegar hasta su garganta, mientras los testículos del muchacho que no llegaba a los 25 años golpeaban en su barbilla cada vez que ella engullía su joven pene.

—Sigue, profe. Sigue. No te detengas, te quiero llenar esa carita de semen.

Aurora escuchaba las palabras que él le decía, y se imaginaba a Armando detrás de ella, penetrándola con fuerza, castigándola sexualmente por ser tan sucia y dejarse follar la boca de esa manera. Mientras Aurora pensaba en eso, recordó que, aunque lo estaba disfrutando mucho, debía enfocarse en la misión que estaba cumpliendo: dar con el paradero del anillo.

— ¿Te gusta el examen que esta sucia profesora te está haciendo? —Preguntó Aurora mientras los hilos de baba le caían en sus prominentes pechos.

—Claro que sí. —Respondió él antes de empujar de nuevo todo su pene hasta la garganta de Aurora mientras ella le acariciaba los testículos.

—Necesito que me digas dónde está el anillo. Si lo haces, dejaré que eches toda tu leche sobre mi rostro.

— ¿El anillo? Ehm… sí, lo que sea. Lo que tú quieras. Déjame acabar bien rico sobre ti. ¡Hazme acabar, por favor!

—Sí, el anillo. Quiero el anillo. —Dijo Aurora un tanto autoritaria y prepotente, succionando ese pene venoso cada vez con más fuerza, al mismo tiempo que lo babeaba más y más.

—Sí mami. Lo que tú digas.

— Serás un buen chico y le dirás a tu profesora dónde está el anillo. ¿Verdad que sí?

— Claro que sí, profesora. Lo que usted pida yo se lo doy ¡Yo le daré ese anillo, se lo prometo! —Exclamaba el chico mientras se follaba la boca de Aurora cada vez más rápido.

— ¿Sí, mi amor? ¿Tú sí sabes dónde está el anillo? ¿Se lo darás a mami?

— ¡Claro que sí, profesora! —Exclama él profundamente extasiado— Le daré ese anillo apenas me gradúe, claro que sí. ¡Si quiere hasta se lo dedico en el acto de graduación, pero no se detenga, siga mamando!

Aurora entendió que el muchacho no sabía nada del anillo, y que por otro lado, él se confundió y pensó que en su juego sexual ella le hablaba del anillo de graduación. Decepcionada por no poder cumplir su misión, se quedó arrodillada, inmóvil, con la boca abierta mientras el muchacho la follaba hasta dejarla completamente inundada de semen.

Aurora se levantó, guardó sus pechos, miró con vergüenza a quien en su mente era Armando (una silla detrás de ella) y se marchó de la habitación para nunca volver a ese lugar. O eso creía ella.

—Pero… déjame tu número al menos… —Dijo el joven mientras veía como la mujer de sus más oscuras fantasías se marchaba sin mediar palabra alguna.

Ya de nuevo en su auto, lavándose la boca con todo lo que encontraba de líquidos, Aurora se preguntaba qué sería de la vida de Cristina, mientras conducía en busca de Verónica. Al llegar al hotel, ella sale como toda una celebridad, usando lentes oscuros, una bufanda, y un gorro, como tratando de ocultar su identidad.

— ¿Vamos por Cristina? —Le pregunta Aurora a Verónica apenas ella entra a su vehículo.
—Creí que ya estaba contigo. No ha avisado nada de que la busquemos aún, seguramente todavía está en su labor. Yo muero de hambre, en este hotel no sirven nada a las habitaciones, qué pésimo servicio.
—Verónica, sí sirven comida, pero debes ordenarla y por supuesto pagarla.
—Por eso digo: ¡No sirven comida!
—Como tú digas, la verdad ya a mí también me dio hambre, además de que necesito quitarme cierto mal sabor de boca. Vamos a buscar algo de comer mientras esperamos por Cristina. Mientras ellas se dirigían a algún restaurante donde comer, Cristina vestía chaqueta y falda de cuero, cabello suelto retador, y una mirada de chica mala mientras entraba al club ruso. Al llegar, el portero ya sabía que ella iría y la hizo pasar hasta el salón VIP donde la estaban esperando.

—Hola, niña linda. —Dijo Dimitri sentado en un sillón, de frente a todos los que a su alrededor se notaba que le rendían pleitesía.

—Buenas noches. —Respondió Cristina, quitándose la chaqueta y moviendo su cabello negro, liso y hermoso— Estoy aquí netamente por negocios, aunque para algunos, trabajo y placer no son necesariamente agua y aceite.

Dimitri mostró un brillo en sus ojos dejando ver lo fascinado que estaba con la actitud de Cristina, y enseguida ordenó salir de la sala a los guardias, quedando solo sus 4 socios y las tres chicas que les servían tragos de vodka, líneas de cocaína, entre otras cosas prohibidas.

Dimitri era el encargado del lugar, pero parecía que igual existía un jefe que estaba por encima de él. Cristina pudo notar que detrás del sillón donde él estaba, se mostraba un cuadro de alguien de pie, usando traje, corbata y sombrero, sin que se le pudiera apreciar el rostro, pero a juzgar por lo delgada de la figura del retratado, obviamente no era Dimitri, quien pesaba aproximadamente 150 kilos.

—Ok, vayamos directo al grano. —Dijo Dimitri mientras cerraba una maleta que tenía a su lado cuyo contenido parecía ser el de varias bolsas plásticas con pastillas, algunas pacas de billetes de 100 dólares y un par de cadenas y anillos.
—Llévate las joyas del jefe, que por ahora solo vamos a atender a este diamante que acaba de llegar.

En el momento en el que Dimitri dijo eso, Cristina de inmediato sospechó algo sobre el maletín, así que mientras él y sus 4 socios comenzaban a quitarse los pantalones, ella decidió hacer un baile de *striptease* en medio de la sala, para luego gatear hasta donde estaba Dimitri y así tratar de sacarle alguna información.
— ¿Con qué tu jefe guarda las joyas que los visitan, eh?

Dimitri suelta una carcajada mientras Cristina se restriega en sus piernas como una gatita, al mismo tiempo que los otros hombres en la sala aguardan ansiosos, ya desnudos.

—La verdad, no es a joyas como tú, pero sí a joyas que gente como tú suele traer, o incluso olvidar. Aunque contigo hubo una anécdota ayer, creo que también diste una a cambio de ti misma.

Cuando Dimitri dijo eso, Cristina sintió que había confirmado sus sospechas a pesar de que no entendió mucho de lo último, el caso es que pensó que definitivamente debía buscar la manera de quedarse con esa maleta para recuperar el anillo y después devolverla, y por lo visto, el precio sería acostarse con todos ellos. Pero Cristina tenía algo en mente.

Las otras tres chicas que servían tragos obviamente eran prostitutas. Así que, en medio de su baile, Cristina las fue incluyendo una por una, acariciándolas, tocándolas en los senos y las nalgas, causando que todos los presentes, incluyendo a Dimitri, tuvieran erecciones simultáneas.

Cristina solo tocaba a los hombres en el cuerpo, especialmente pecho, hombros y espalda, y luego iba haciendo que una a una, las otras muchachas les dieran sexo oral. Cuando ya todas estaban arrodillas en círculo listas para recibir una cascada de semen sobre ellas, Cristina se deslizó lentamente hasta la mesa donde estaba el maletín, lo tomó, lo colocó cerca de la puerta y se unió al grupo para ser algo así como la coordinadora de lo que estaba por ocurrir.

Cristina se colocó de pie al lado de las chicas que de rodillas estaban por recibir cargas de semen, y mientras ellas esperaban con sus lenguas impacientes y dedicadas, ella tocaba a los hombres por las nalgas para luego ir bajando hasta ese punto G masculino ubicado entre los testículos y el orificio del recto.

Cristina leyó alguna vez que lo mejor era estimular ese sitio desde la parte interior, pero ella no estaba interesada en introducir sus dedos en los anos de esos hombres, así que decidió sacrificar sus manos de otra manera, jugando con lo que estaba a la vista.

Acto seguido a la ayuda manual de Cristina, todos los hombres eyacularon sobre las mujeres que trabajan en el club y que esa noche estaban en la sala VIP. Habiendo terminado ellos, Cristina tomó sus cosas y se marchó, logrando llevarse consigo la maleta. Al salir del club llamó a Aurora, se fue hasta una venta de comida a una cuadra de donde ella estaba, y allí esperó tan solo un par de minutos, pues por fortuna, el sitio que escogió Verónica para comer era bastante cerca de allí.

—Cuéntanos, ¿Cómo te fue? Nosotras no pudimos obtener nada de información. —Le dice Verónica a Cristina al recibirla en el auto, arqueando los labios como quien quiere llorar.
— ¡Rápido! ¡Acelera ¡Acelera!
— ¿Qué sucede? —Pregunta Aurora. Cristina que no para de mirar para atrás toda alterada.
— ¡Arranca! ¡Vamos hasta mi apartamento ya! ¡Apúrate!

Ante la insistencia de Cristina, Aurora acelera de inmediato y se van hasta el apartamento de la más joven de *Las Strong Sisters*. Al llegar, Cristina se baja viendo para todos lados y sale corriendo hasta el edificio. Aurora y Verónica la siguen.

Al entrar al apartamento, Cristina cierra velozmente la puerta, pone toda clase de seguros, y luego corre hasta las ventanas para cerrarlas, no sin antes echar un vistazo hacia el exterior y asegurarse de que nadie las esté siguiendo. Lo cual empieza a alarmar a Aurora y a Verónica.

— ¿Cristina, serías tan amable de darnos una explicación? —Pregunta Aurora sin dejar de ver la maleta que Cristina puso en medio de la sala.
—Esta maleta es la solución a tantos enredos, es el fin de esta película de terror. Pero debemos abrirla pronto, recuperar el anillo y devolverla lo más pronto posible.
— ¡Hubieras empezado por esa parte del cuento! A ver, yo misma soy. —Dice Verónica sacando unas llaves de su bolsillo para intentar abrir con ellas la maleta.

Verónica lo intentó con sus llaves, luego con el llavero como tal, hasta que se rindió y en un acto más de desesperación que otra cosa, quiso probar hasta con sus propios dedos. Aurora por su parte recordó haber visto en un episodio de MacGyver que se podía abrir una maleta con un alfiler, lo cual tampoco funcionó.

— ¡Esto debe servir de algo! —Exclama Cristina luego de volver de la cocina con un envase de mantequilla.
—Yo diría que eso serviría más para meter algo, que para sacarlo.
—Comenta Verónica muerta de risa.
— ¡Ábreeeeteee! —Le grita Aurora a la maleta para luego mirar hacia los lados, sonrojada y apenada— ¿Qué? Valía la pena intentarlo.
—Yo creo que si les prendemos unas velas, es posible que…
Verónica no pudo terminar de explicar su extraño plan de abrir la maleta por medios sobrenaturales, cuando un fuerte golpe se escuchó en la puerta, seguido de otros más y varios gritos en un idioma desconocido para ellas.
— ¡Son los rusos! —Exclamó Cristina— ¡Rápido, corran! ¡Escapemos por la escalera para incendios!

7. ¡CORRAN, AHÍ VIENEN LOS RUSOS!

Verónica intentó ocultarse debajo de una pequeña mesa decorativa que Cristina tenía en la sala de su apartamento, pero obviamente ella superaba en dimensiones al mueble, así que desistió de la idea. Cuando por fin pudo colocarse de pie, Aurora ya había salido por la ventana que daba hacia la escalera de emergencia, mientras Cristina la esperaba, haciéndole señas de que se diera prisa en silencio.

Cuando por fin las tres bajaron por las escaleras hacia un callejón, escucharon un gran estruendo tras ellas, y al mirar hacia arriba, pudieron notar que salía humo de la ventana del apartamento, desde donde también se asomó un sujeto que las vio y las señaló mientras aparentemente también hablaba con otras personas que estaban adentro de la casa de Cristina.

Corrieron velozmente hasta donde estaba estacionado el auto de Aurora, y al abordarlo se dieron cuenta de que una camioneta negra que estaba en la esquina encendió el motor y comenzó a seguirlas.

—Cristina, corrígeme si me equivoco. ¿Le robaste algo a un grupo de matones que ahora vienen por nosotras? —Preguntó Aurora mientras demostraba sus altos dotes para manejar a alta velocidad bajo presión.

Cristina no respondía nada, solo gritaba que aceleraran lo más que pudieran. Verónica estaba pálida y muda, presa de miedo como muy pocas veces se le podía ver. Cuando *Las Strong Sisters* sintieron un golpe en el vidrio y se dieron cuenta que dicho golpe estaba relacionado con un estruendo que también acababan de escuchar, todas entraron en pánico y comenzaron a gritar, pues desde la camioneta en la que las seguían, les acababan de realizar un disparo.

Aurora, a pesar del susto y la desesperación del momento, logró echar un vistazo al tablero de su vehículo y notar que, por error o equivocación, se había traído la llave de la habitación del estudiante al que hacía unas horas había atendido en el campus, y se dispuso a conducir hasta esa universidad. Al entrar a un callejón donde su KIA pudo pasar a duras penas, notó por el retrovisor que a los mafiosos que las seguían no les quedó de otra que abortar la misión, pues su auto no pasaba por ese espacio tan estrecho.
Ese pequeño despiste sirvió para que *Las Strong Sisters* pudieran huir del sitio y llegar sanas y salvas al campus universitario, donde aún todo se veía desolado. Estacionaron el auto en la parte trasera del edificio, debajo de un árbol muy grande, y corrieron hasta la habitación del chico. Abrieron la puerta, y para fortuna de ellas, la habitación estaba vacía. Seguramente él se había ido de fiesta con sus compañeros de residencia o de clases.

— ¿Qué hacemos aquí? ¿Cómo es que Aurora tiene llave?

¿Quiénes son esos mafiosos? ¿Por qué nos siguen con tanta insistencia? Yo sé que ustedes creen que yo soy la mala de la película y que es mi culpa que estemos en este lío, pero me parece que ya es hora de que alguien explique lo que está pasando, porque hace apenas unos minutos teníamos una maleta…

— ¡Rayos! ¡La maleta! ¿Dónde demonios quedaron la maleta? —Interrumpió Cristina a Verónica muy alterada, con los nervios de punta.

—La hemos dejada olvidada en el auto, pero yo creo que por ahora podemos permanecer aquí, escondidas. Dejamos el auto en un lugar muy poco visible, y me di cuenta de que al llegar aquí nadie nos siguió, así que lo más prudente es…

— ¡Un momento! ¿Quiénes son ustedes y qué hacen en mi habitación? —Pregunta el joven al entrar con un par de amigos más.

Verónica solo reacciona con gestos de fastidio, pues nadie contestó ninguna de las preguntas que hizo. Cristina ni siquiera prestó atención al muchacho, lo reconoció de cuando lo contactó en un principio, pero esta vez lo ignoró por completo.

—Disculpa, es que hemos venido a ofrecerte un baile extra gratis, para ti y tus amigos. ¿Cierto, chicas? —Fue lo más creativo e inmediato que se le pudo ocurrir a Aurora.

Tanto Cristina como Verónica la vieron con malos ojos, ninguna estaba de acuerdo con eso que ella acababa de proponer, pero un solo gesto de Aurora bastó para que ellas entendieran que era lo que *Las Strong Sisters* debían hacer, y apenas la mayor de ellas colocó música, las otras dos comenzaron a bailar.

Cristina comenzó de manera muy erótica tal cual como lo hizo en la discoteca de los rusos, solo tocando pechos, brazos y hombros a los muchachos, mientras Verónica intentó bailar con ellos, pero terminó haciéndolo sola, pues todos la ignoraron, ya que prefirieron enfocarse en Cristina.

— ¿Te gusta la sorpresa que hemos preparado para ti y tus amigos? —Le pregunta Aurora al muchacho de la forma más hipócrita que puede, pues la verdad lo aborrece por completo, no tiene un recuerdo agradable de él.
—Sí, Esto es como un juego temático, ¿verdad?
—Bueno, puedes verlo como eso si gustas. Un juego donde te diviertes y nos permites pasar la noche aquí.

El muchacho no entendió las palabras de Aurora, por un momento se extrañó, pero luego sonrió al imaginar que la podría follar toda la noche. Pero los planes de Aurora, y los del mismo muchacho también, se derrumbaron cuando uno de sus amigos, que escuchaba la conversación, los interrumpió:

—La verdad es que este es el juego más real que haya vivido. Es como de película de acción o algo así. Incluso hay hasta unos hombres con chaquetas de cuero y armas buscándolas por toda la universidad. En serio todo parece muy real. Me encantaría algo así para mi cumpleaños.

Aurora, Cristina y Verónica se vieron a los ojos, y con solo echar un vistazo desde la ventana, las tres al mismo tiempo pudieron notar que una vez más estaban en problemas. Ellas nunca lo supieron, pero el disparo que recibieron en el auto de Aurora no fue una bala, sino más bien un dispositivo rastreador con GPS satelital que les permitió a los mafiosos saber en todo momento, dónde se encontraban ellas.

Una vez más debieron escapar por la ventana, con la diferencia de que en esta oportunidad no había escaleras que las ayudaran a bajar, por lo que tuvieron que unir varias sábanas para crear una especie de cuerda que les permitiera llegar hasta el estacionamiento, muy a pesar de que el joven que vivía en esa habitación nunca estuvo de acuerdo.

—No es tanto, por las sábanas, es que no quiero que se vayan justo en la parte más interesante de este juego. ¿Cómo hago para contratarlas de nuevo? —Fueron sus palabras mientras él y sus amigos veían cómo *Las Strong Sisters* se alejaban hacia la parte trasera del edificio.

Al llegar hasta el auto de Aurora, notan que todos los cauchos han sido pinchados, sin embargo, ella igual lo abre y saca el maletín. Por suerte para ellas, Aurora ya había contactado a un amigo que iba en camino por ellas.

—Massimo, un amigo mío, nos viene a buscar. Estén listas.

Aurora no había terminado de decir aquello cuando por el portal del campus entró una camioneta blanca último modelo.

—Vaya, pero qué amigos te gastas, ¿eh? —Dijo Verónica al ver la camioneta dirigirse hacia ellas— Bueno, porque ese es tu amigo, ¿cierto? No vaya a ser que sean de nuevo los benditos rusos esos.

No dudaron un segundo en subirse a la camioneta de Massimo apenas llegó, y al mirar atrás, pudieron ver cómo los jóvenes que acababan de dejar en la habitación del campus eran interrogados y hasta golpeados por los mafiosos que las perseguían, justo en la ventana por la cual ellas habían logrado escapar.

Bueno chicas, yo no planeo hacerles ninguna pregunta. Me presento: Mi nombre es Massimo, y les cuento que soy muy amigo de Aurora, lo suficiente como para salir volando apenas ella me contó que estaba en un apuro aquí cerca de donde casualmente yo estaba de viaje por un tema de negocios.
—Ay, Massimo. De verdad que es todo un alivio poder contar contigo. —Le dice Aurora tomándolo del brazo.
—Tranquila. No es nada, es lo menos que haría por ti y por tus amigas. Ahora lo que queda es llamar a unos amigos míos para que vengan a recoger tu auto antes de que levante demasiadas sospechas y se abran averiguaciones policiales. Porque yo no sé qué hicieron ustedes, pero por lo visto se metieron con gente muy mala y peligrosa. Por eso tengo un plan para mantenerlas sanas y

salvas. Ya les daré más detalles en un rato, por ahora toca enfocarnos en que todas estén bien. ¿No les ha pasado nada a ustedes, chicas? —Pregunta Massimo viendo por el retrovisor hacia el asiento trasero donde estaban Cristina y Verónica preguntando por señas a Aurora que si Massimo era su novio o algo por el estilo.
—No, ya quisiera yo ser novio de Aurora. —Exclamó Massimo entre risas y haciendo sonrojar a Cristina y a Verónica quienes creyeron haber sido un tanto más discretas.

Durante el trayecto en el que Massimo estuvo conduciendo con *Las Strong Sisters* a bordo, fue todo un caballero con ellas. Hizo una parada donde compró varios bocadillos y Verónica sintió que lo amaba, y cuando finalmente las llevó hasta donde él tenía pensado, ellas descubrieron que se trataba de un hangar donde dejarían su camioneta para abordar una avioneta que él mismo pilotearía.

Diez minutos después ya todas volaban hacia otra ciudad, a un apartamento que Massimo tenía hacia la frontera, mientras cada una de *Las Strong Sisters* no se despegaba de algo: Cristina no soltaba la maleta, Verónica una bandeja con bocadillos, y Aurora el brazo derecho de Massimo.

8. MASSIMO ES LO MÁXIMO

El vuelo fue breve, la avioneta piloteada por Massimo tenía por nombre Esperanza, lo que realmente representaba para *Las Strong Sisters*. Salir de la ciudad volando era para ellas escapar de muchas cosas, no solo de los mafiosos rusos que las perseguían, sino además de todas las cosas que habían vivido en las últimas horas. Al llegar a la frontera, Massimo aterrizó la avioneta en un hangar muy pequeño que quedaba en una colina muy cerca del mar. La vista era preciosa: un cerro muy alto con frondosa vegetación desde el cual se podían apreciar muelles, playas, y todo un interesante tráfico, tanto aéreo como marítimo e incluso terrestre, pues desde la colina se veían largas carreteras muy inclinadas con curvas bastante pronunciadas.

—Hemos llegado, hermosas damas. —Dijo el siempre tan caballeroso y gentil Massimo. Massimo era de esos hombres que podían cautivar a casi cualquier mujer. Tenía porte italiano; era alto, delgado, con clase, nariz pronunciada que hacía juego perfecto con sus rasgos de hombre grande que tenía además manos inmensas.

Massimo era de esos caballeros que además de ser muy atractivos, saben cautivar a las mujeres a su alrededor por su forma de vestir. Esa noche llevaba puesta una camisa azul que resaltaba el color de sus ojos. El cabello negro lizo muy bien peinado lo engalanaba aún más, pero el toque que derretía a *Las Strong Sisters* era su perfume, uno original, de marca, de excelente fragancia.

Massimo tendió su mano para que tanto Cristina como Verónica bajaran con facilidad, y cuando Aurora quiso hacer lo mismo, Massimo retiró su mano, pero no para quitarle el punto de apoyo, sino para cargarla entre sus brazos.

—Así puedo estar completamente seguro de que llegarás sana y salva a donde sea que vayas, siendo yo quien te cargue y te sostenga en todo momento. Si tan solo me dejaras…
— ¡Aurora! ¡Vaya que te lo tenías escondido!

Verónica, siempre tan simpática como imprudente, no pudo ni quiso desaprovechar la oportunidad de interrumpir algo, porque así es ella, ese es su estilo, su marca de fábrica. Ante tal comentario, tanto Massimo como Aurora se sintieron un tanto apenados y se alejaron un poco el uno del otro.

—Vengan, les mostraré la casa. —Dijo Massimo tomando de la mano a Aurora e invitando a Cristina y a Verónica a seguirlos.

La avioneta había aterrizado en una pequeña pista de asfalto cubierta por monte, donde al final se hallaba un galpón en el que finalmente quedó la avioneta. Dicho galpón conectaba con un pasillo que daba directo hasta una puerta que a su vez era la única entrada a un apartamento pequeño de dos pisos, que visto desde afuera parecía ser simplemente un muro, sin puertas ni ventanas, pero la realidad era que las ventanas estaban todas viendo hacia el barranco al final de la colina.

Al entrar, todas quedan sorprendidas de ver que detrás de esa puerta había una pequeña, pero a la vez muy lujosa y confortable vivienda. Entrar desde el hangar hasta esa puerta, jamás haría a nadie imaginar que lo que seguiría a continuación fuese una casa como la de Massimo, que en realidad no era su vivienda principal, era más como una especie de casa de retiro, un lugar donde permanecer cuando quería estar lejos de la ciudad o incluso donde pasar la noche cuando al día siguiente necesitara salir del país.

—Siéntanse como en casa. —Les dice el anfitrión al dejarlas pasar.
— ¡Qué va! ¿Para qué? En casa me sentiría deprimida, desdichada. Aquí lo que me puedo sentir es como en sueño, como si fuese una reina.
—Verónica siempre tan exagerada. –Dice Cristina luego del comentario de Verónica— De verdad gracias, Massimo. A ti, por tantas atenciones y por ayudarnos, y a Aurora porque sin ella no te hubiéramos conocido, y aunque veo que eres muy amable y atento, todo un caballero; si no fuese por ella no recibiríamos estas atenciones tuyas que tan encantadas nos tienen a todas.
—Gracias a ti, Cristina. Cuando uno ayuda o es amable con alguien de corazón, lo único que realmente espera a cambio es gratitud, que te reconozcan lo que haces y te regalen además una sonrisa. De verdad gracias a ti y a todas ustedes por valorar lo que uno hace.

Así, confundidos entre gestos de amabilidad que iban y venían de todas partes, los cuatro se sentían agotados, con ganas de bañarse y de descansar.

—Creo que es hora de un baño y de un merecido descanso, ya es de noche, algo tarde, y estoy seguro de que han tenido un muy largo día. –Agrega Massimo con tono conciliador y hasta un poco protector, que no tardó un segundo en recibir una réplica de parte de Verónica.

— ¡Y de comer! Es hora de todo eso, y de comer también.

—Contigo siempre es hora de comer. —Agrega Aurora entre risas.

—Bueno, yo me voy a dar un baño y me iré a la cama, pueden pasar con toda confianza a la cocina y servirse lo que gusten, imaginen que están en su casa, o por lo menos en un lugar que les pertenece y del que pueden tomar lo que deseen.

Massimo se marchó a su habitación, dejando a *Las Strong Sisters* reunidas en la sala de su lujoso apartamento.

—Bueno, ya lo escucharon. Pueden ponerse cómodas, ver tv, tomar una ducha, o comer. —Dice Aurora mirando de reojo y con algo de humor a Verónica— Lo único que les voy a pedir es que no causen ningún desastre, no se metan en problemas, y por favor: si van a comer algo, no dejen nada sucio.

Verónica sabía que ese comentario era con ella y su rostro se enserió un poco, pero luego las tres soltaron una risa amistosa que les hizo recordar a todas que, a pesar de malos momentos, eran unas amigas inseparables, como no existen en el mundo.

Aurora se fue a dar un baño, mientras Cristina miraba fijamente la maleta, pensando en maneras de abrirla, al mismo tiempo que Verónica salió disparada a ver qué había en la dispensa del apartamento de Massimo.

— ¿Cómo demonios se abre esta cosa? —Se preguntaba Cristina a sí misma mientras veía fijamente la maleta —Tiene que haber una manera de abrirla. No puede ser solo con la llave o con la combinación, tiene que haber una forma de abrirla. Bueno, si fuese tan fácil no se llamarían Maletas de Seguridad, eso lo entiendo, no soy estúpida. Pero digo, existen personas que viven de abrir este tipo de cosas, y no me refiero a ladrones, sino a profesionales de cerrajería cuyo oficio es ese, solucionar este tipo de problemas. En fin…

Mientras Cristina suspiraba a mitad de su monólogo frente a la maleta, Verónica regresó de la cocina para interrumpirla.

—Deja eso así, mañana en la mañana, con calma, vemos cómo resolvemos eso. Seguro el novio de Aurora sabe cómo, o por lo menos puede llevarnos ante alguien que sí.

Cristina la ignoró por completo, estaba como hipnotizada por la maleta, no paraba de verla fijamente a pesar de la insistencia de Verónica en lograr captar su atención.

—Vale, deja ya esa maleta y vamos a la cocina, quiero mostrarte algo. —Dice Verónica tomando por la mano a Cristina quien seguía sin dejar de ver la maleta a pesar de que ya Verónica había logrado levantarla del sillón donde estaba. A pesar de que avanzaba, su mente, e inclusive su mirada, seguían frente a la maleta. Verla caminar hacia la cocina era un verdadero espectáculo de contorsionismo.
— ¡Mira todos estos dulces!

La exclamación de Verónica fue tan grande como la sonrisa que no cabía en su rostro al descubrir que Massimo por lo visto era todo un empedernido con los postres. No solo tenía todo tipo de bocadillos tanto en la alacena como en la nevera, sino que además toda la cocina estaba equipada con toda clase de utensilios para preparar comidas dulces, además de que por todo el lugar también había diferentes recetas colgadas en pizarrones, carteleras, e incluso la puerta de la nevera.
—Este tipo es el hombre perfecto, ¡hay que hablar con Aurora para que no lo deje escapar!
—No seas ridícula, Verónica. –Dijo Cristina antes de abandonar la cocina para devolverse a donde estaba.

Una vez de nuevo frente a la maleta, Cristina decide volver a sentarse en el sillón a contemplarla, tal y como dicen que Hitler contemplaba la lanza de Nerón en sus tiempos de juventud, cuando asistía a la biblioteca donde dicho objeto histórico se hallaba.

Desde el pasillo que comunicaba la sala del apartamento con la cocina, Verónica indignada veía cómo Cristina había ignorado por completo lo que ella le contaba, lo que le resultó un poco grosero.

— ¿Cómo es posible que yo venga toda emocionada a contarte que…

Cristina la interrumpió de un solo golpe, evitando que terminara de expresar lo que quería decirle, añadiendo además un poco de hastío e incluso hostilidad en lo que a continuación le dijo:

— A ver, yo soy la que voy a preguntar: ¿Cómo es posible que, con todo este lío, para ti pueda ser más importante la comida? O, mejor dicho, lo que realmente no entiendo es cómo crees que a mí me va a importar más la comida que el hecho de que casi nos asesinan unos mafiosos rusos de los cuales aún no estamos a salvo, a pesar de lo lejos que estemos, y que muy probablemente solo seguiremos vivas si abandonamos todo lo que somos y realizamos un nuevo comienzo desde cero, lejos de nuestro hogar. Piénsalo. ¿Tú crees que ahora podremos volver tranquilamente a nuestras vidas con esos matones persiguiéndonos? ¿Acaso te fijaste en lo que hicieron en mi apartamento? ¿Tú viste lo que le hacían a esos chicos de la universidad mientras escapábamos? De verdad tú no tienes conciencia, y aunque acepto mi responsabilidad por todos los hechos, y sé que el problema con el anillo es solo mío, de no ser por tu actitud, y por tu manera de ver las cosas, no estaríamos en este problema. No te quiero culpar, repito: sé que yo también tengo culpa en esto, pero creo que deberías reflexionar y empezar a entender que, si bien para ti la comida lo es todo, para algunos hay cosas mucho más urgentes.

Verónica se quedó muda, estupefacta, con los ojos bien abiertos sosteniendo el envase con helado que planeaba compartir con Cristina. Las palabras de su amiga de verdad le afectaron, la hirieron profundamente, porque de verdad Cristina sentía lo que decía, al menos en ese momento de frustración.

—Es más, ¿sabes qué? Mejor me voy a tomar aire fresco.

Cristina tomó la maleta, salió por la puerta que da hasta el hangar, y en apenas 10 minutos ya estaba bordeando la colina que daba hasta una vieja carretera que a su vez conducía hasta la ciudad más cercana.

Verónica no hizo nada para impedirlo, estaba entre molesta y dolida por los comentarios de Cristina, igual ella no imaginaba que las palabras de su amiga en realidad eran solo el reflejo de su frustración por todo lo que ella misma había desatado al perder el anillo. Por otro lado, de verdad le creyó cuando le dijo que se iba a "tomar aire", cuando en realidad se estaba marchando, tomando su propio camino, alejándose de sus amigas para no causarles más problemas.

Mientras tanto, Aurora acababa de tomar un baño muy refrescante, y al salir, tal vez por error o quizás un poco intencionalmente, se metió en el cuarto donde Massimo planeaba descansar. Ella caminaba de forma natural, vistiendo tan solo una toalla en el cuerpo, mientras con otra secaba su cabello. Al entrar al cuarto y ver a Massimo acostado, sin camisa, leyendo un libro, recordó que una de las cosas que le encantaban de Armando, su difunto esposo, era que, aunque era muy sucio para el sexo y usaba un lenguaje usualmente vulgar, también era un hombre muy culto que todas las noches antes de dormir leía un libro, lo que a Aurora le parecía muy sexy.
—Hola, mi amor. Veo que te has dado una deliciosa ducha. Espero te sientas mejor —Dice Massimo luego de apartar el libro de su mirada al verla en su puerta.
—Gracias, Massimo. De verdad lo necesitaba. En serio te agradezco por mí y por mis amigas, sin ti estaríamos en un gran lío en este momento.

Mientras Aurora responde eso, entra al cuarto y se acerca hasta la cama donde Massimo está recostado. Ellos son amigos desde hace años, se conocieron en una fiesta, y desde entonces siempre han conversado de manera esporádica a través de chats virtuales, casi nunca en persona, salvo una que otra ocasión en la que han coincidido en alguna que otra reunión. Massimo es amigo de un compañero de trabajo de Aurora, y aunque no sabe mucho de él, siempre le ha parecido un hombre muy noble que inspira mucha confianza.

—De verdad que mis amigas y yo tuvimos demasiada suerte de que me escribieras justo en el momento en el que más ayuda necesitábamos. Sé que muy poco nos hemos tratado en persona a pesar de lo mucho que hemos conversado por *WhatsApp*, y sé que ha sido un abuso de mi parte…

Aurora se había sentado al borde de la cama de Massimo para conversar con él más de cerca y expresarle su gratitud, y él solo se sentó de frente a ella y colocó un dedo en sus labios.

—No tienes nada que agradecerme, ni mucho menos nada de qué disculparte. De verdad que tú siempre me has gustado mucho y haría por ti lo que sea. De verdad no sé qué hacían ustedes ni en qué problema estaban, ni me interesa saberlo. Yo solo quiero poder ayudarlas y que tú especialmente estés bien.
—Ay Massimo, de verdad que es todo un alivio poder contar contigo. No digas que no te debemos nada porque la verdad te lo debemos todo. Yo hasta podría decir que seguimos con vida gracias a ti. Tiene que haber una manera de poder retribuirte tanto.

Justo al momento de decir eso, Aurora se da cuenta de que el paño que cubría sus pechos se ha corrido un poco, y Massimo, que también lo notó, optó por terminar de arrancarle la toalla de una vez por todas para dejar al descubierto ese perfecto par de pechos que Aurora usualmente oculta debajo de ropas muy formales.

—Necesitaba hacer esto, y de verdad discúlpame. No quiero que lo tomes como que te estoy cobrando el favor ni nada parecido, es algo que realmente necesitaba hacer desde hace mucho, porque la verdad es que me gustas demasiado desde el primer día en que te vi.

Aurora se sintió un poco nerviosa, pero no pudo evitar dejarse llevar por el momento, después de todo Massimo era todo un galán, un verdadero caballero que sabía tratar a una dama, y además tenía mucha clase y buen gusto, aparte de ser, por si fuera poco, un hombre muy atractivo.

Aurora jamás había visto a Massimo sin camisa, y al notar esos pectorales definidos y esos brazos tan fuertes, de macho alfa con bastante pelo en el pecho, no pudo resistirse a los encantos del hombre que estaba por besarla, así que dejó de cubrir sus pezones para dejar que pasara lo que tenía que pasar.

Massimo se aproximó hasta la cara de Aurora, colocó sus manos sobre las de ella, y ambos se fundieron en un profundo beso que duró casi dos minutos, tiempo suficiente para que Aurora pudiera notar la fuerte erección que ella estaba causando en él, algo que de algún modo la llenaba de orgullo.

—Creo que hay un amigo que quiere jugar. —Dijo Aurora en tono pícaro al ver el pene de Massimo resaltar entre las sábanas que cubrían la mitad de su cuerpo
—Creo que deberías jugar con él.

Cuando Aurora escuchó esto, se inclinó para confirmar sus sospechas: Massimo estaba completamente desnudo debajo de las sábanas, y al moverlas, pudo ver lo que para ella era un pene hermoso, recto, muy hinchado, con las venas muy gruesas y palpitantes. Massimo al verla con su pene en manos de ella, no pudo evitar hacer una transformación que lo llevó de ser un caballero delicado, sensible con las mujeres, a convertirse en todo un macho salvaje. La tomó por el cabello y la hizo ponerse de rodillas frente a él bajando ambos de la cama en tan solo unos segundos para que luego ella tuviese todo su pene en la boca.

Aurora recordaba que a Armando le encantaba que ella lo mirase a los ojos mientras le hacía sexo oral, y decidió hacerle lo mismo a Massimo, quien estaba totalmente extasiado mientras veía cómo

Aurora se tragaba todo su pene sin soltar una sola lágrima, lo cual era toda una hazaña dado que su miembro medía más de 20 centímetros.

—Sigue mamando, mi amor. Lo haces delicioso.

Aurora no podía creer lo que escuchaba, eran las típicas palabras que Armando usualmente usaba cuando follaba con ella. Por un segundo se detuvo, reflexionando, pensando, pero Massimo no le dio tiempo de ocupar su mente en otra cosa que no fuese complacerlo, pues ya era hora de que fuese ella quien lo hiciera feliz después de todo lo sucedido en las últimas horas.

Massimo le recogió el cabello de forma dedicada y atenta para que no afectara el sexo oral, y así luego poder tomarla de él con fuerza para tener el control de todo, moviendo su cabeza hacia adelante y hacia atrás a medida que su pene entraba y salía de la profunda garganta de Aurora.

Aurora se veía como una diosa siendo esclavizada, de rodillas frente a un mortal que supo domarla, con los pechos al aire, esos gigantescos melones color piel cuyos pezones rosados se veían tan delicados como sensuales. Massimo por su parte era un hombre muy atlético, y Aurora, mientras lamía su pene desde la base hasta la punta, se apoyaba con sus dos manos alrededor de las pantorrillas de su amante. Massimo era un poco más joven que Aurora, pero no demasiado. Ella, mientras le hacía sexo oral, de nuevo imaginaba que Armando estaba detrás de ella, listo para follarla, por lo que inconscientemente se puso en posición de perrito como para ser penetrada mientras chupaba el pene de Massimo.

Massimo se deleitaba cada vez más con lo que veía, parecía un sueño hecho realidad, tenía frente a él a una diosa de grandes pechos, arrodillada, rindiéndole pleitesía. ¿Acaso podía pedir más? Pues parecía que la vida le ofrecía un guiño al mostrarle que Aurora no solo tenía unos pechos alucinantes, sino que además también podía exhibir un trasero de película. Desde su punto de vista todo estaba perfecto, ningún mirador turístico, ni siquiera el más exótico y espectacular se podía comparar con la vista que él tenía frente a sus ojos, mientras los ojos saltones de Aurora no paraban de mirarlo con excitación y picardía.

—Fóllame como solo tú sabes hacerlo. —Dijo Aurora cerrando los ojos y dejándose llevar por su fantasía, imaginando que Armando estaba detrás de ella con el pene bien erecto como siempre.

Massimo, al escuchar las palabras de Aurora pensó que era con él el asunto, y decidió actuar, tomándola de las caderas luego de colocarse tras ella para comenzar a penetrarla como un animal en celo.

—Así, justo así. Dame duro, mi amor.

Aurora sintió el pene de Massimo entrando en su vagina, bien hasta el fondo de un solo golpe. Cualquier mujer habría salido lastimada, pero ella estaba tan lubricada que no fue problema alguno. Massimo aprovechó la oportunidad para penetrarla al mismo tiempo que apretaba sus pechos con fuerza, dándole un sexo realmente rudo donde en cada penetración podía escucharse el sonido de sus cuerpos al chocar.

—No te detengas, mi amor. ¡Hazme tuya!

Massimo al escuchar eso sintió la necesidad de tenerla sobre él, quería ver el rostro de Aurora cuando le hablara así de nuevo, porque a pesar del escultural cuerpo de la mayor de *Las Strong Sisters*, lo que más le excitaba de ella era su rostro durante el sexo, y quería saber si su mirada mantenía esa picardía acompañada de sensualidad que proyectaba cuando le hacía sexo oral.

Massimo se colocó de pie, la tomó por el cabello y la llevó hasta una silla en un rincón de la habitación, donde él se sentó para luego montarla sobre él, de frente, y así darse banquete con sus pechos.

— ¡Fóllame, fóllame duro!

Massimo estaba extasiado, y podía leer en el rostro de Aurora un alto nivel de excitación. Lo que él no sabía es que, en todo ese tiempo, aunque ella estaba disfrutando mucho el momento, ella en realidad pensaba más en Armando.

— ¡Vamos, quiero que me folles por detrás!

Con esas palabras Aurora se refería a Armando, o a la imagen que ella se hacía de él. Ella no ignoraba a Massimo, por el contrario, lo tenía frente a ella y estaba muy consciente de que también lo tenía dentro de sí, pero en su fantasía ella quería ser penetrada por ambos lados, y le hubiese encantado que fuese Armando quien le diera por la retaguardia.

Aurora se metió uno de sus dedos en la boca, lo llenó de mucha saliva y luego lo introdujo dentro de su orificio trasero para ir expandiendo el territorio, dejando la cena servida para un Massimo que ella prefería creer que era Armando. Massimo por su parte no se hizo esperar, y sin cambiar de posición, extrajo su pene de la vagina de Aurora para luego penetrarla por el ano.

Aurora sintió ese pene entrando de a poco hasta que pudo percibir los testículos de Massimo, ahí supo dos cosas: lo tenía bien hasta el fondo, y Massimo estaba por estallar. El hombre no pudo aguantar más, era todo un deleite tener a semejante MILF follada por el ano, y procedió a depositar su néctar dentro de ella. Los gemidos de ambos pudieron escucharse en China. Ella jadeó como una niña delicada mientras Massimo gruñía como un animal, ambos terminando fundidos en un abrazo sobre la silla. Segundos más tarde, ambos yacían plácidamente sobre la cama de él, donde durmieron toda la noche hasta el amanecer, a causa del cansancio y del profundo placer que acababan de regalarse mutuamente y que los dejó bastante relajados a los dos.

A la mañana siguiente Aurora se levanta, ve a Massimo dormido, lo deja solo en la cama y se va hasta la sala, donde encuentra a Verónica deprimida, comiendo lo que por lo visto es su sexto envase de helado consecutivo, a juzgar por los otros cinco envases ya vacíos que desfilaban al lado de la tv.

— ¡Verónica! ¿No has dormido?

Verónica al verla, sentada en el sillón, despega su vista del tv y extiende sus brazos en señal de que necesita un abrazo urgente, al mismo tiempo que estalla en llantos.

— Pero ¿qué ha sucedido? ¿Dónde está Cristina? Pregunta Aurora con ternura mientras acude al abrazo que Verónica necesita.

Verónica respondió entre sollozos cosas imposibles de entender, hasta que, entre tantos balbuceos, Aurora pudo escuchar que Cristina se fue y no volvió más, y se llevó consigo la maleta. Aurora al escuchar aquello se repuso de inmediato y fue donde Massimo a contarle con premura, por el terrible peligro que Cristina podría correr.

—Massimo, perdona que te interrumpa, pero Cristina se ha ido y se ha llevado una maleta que por error no deberíamos tener nosotras, le pertenece a una gente muy peligrosa…

Aurora no había terminado de hablar detrás de Massimo mientras este se cepillaba los dientes, cuando se dio la vuelta indignado.
— ¿Qué? ¿Cómo que se fue y se llevó la maleta? ¿Estás hablando en serio? ¡No puede ser!
—Sí, respondió Aurora preocupada. —Creo que debemos hacer algo. Pero de verdad no sabemos a dónde se ha marchado.
— ¡No! ¿Cómo pueden ser tan estúpidas? ¡No! ¡Esto es un completo desastre!

Verónica desde la sala escucha la conversación y le resulta un poco extraño el tono en el que Massimo le habla a Aurora, así que decide subir a conversar con ellos, pero en el camino hasta la habitación escucha un golpe, luego un profundo silencio y finalmente unos breves y pequeños susurros, lo cual la hace acelerar el paso muy intrigada. Al llegar a la habitación encontró a Massimo detrás de Aurora, tapándole la boca con una mano mientras con la otra sostenía un arma con la que le apuntaba en la sien a la mayor de *Las Strong Sisters*.

9. NADA ES LO QUE PARECE

Verónica no entiende nada, no puede creer lo que sus ojos están viendo, Massimo, el hombre que tanto las ayudó, el mismo que fue tan amable con ellas y las rescató y al que prácticamente le deben la vida, ahora está apuntando con un arma a la cabeza de Aurora.

Todo sucedió tan rápido, que en apenas un par de segundos Verónica tuvo tiempo de pensar en muchas cosas. Por un instante creyó que podría tratarse de alguna especie de juego sexual entre ellos, después de todo había quedado muy claro que tenían algo. La noche anterior, mientras ellos follaban a placer y Aurora gemía sin parar, Verónica escuchaba todo muy claramente, solo que su depresión por la discusión con Cristina la hizo no prestarle demasiada atención a aquel escándalo y concentrarse en llorar viendo telenovelas y comiendo helado.

Por otra parte, Verónica, amante de la comida, no podía olvidar que ese mismo hombre fue el que le brindó toda clase de bocadillos y dejó a su disposición su arsenal de dulces, entre ellos los seis envases de helado que se comió durante toda la noche que pasó en vela pensando en Cristina y sus hirientes palabras. También creyó, por un muy breve momento, que podía ser alguna especie de mala pasada que le estaba jugando su mente o tal vez solo su vista, luego de haber pasado toda la noche sin dormir.

El caso es que se restregó los ojos, volvió a mirar, y frente a ella nada había cambiado. Massimo seguía apuntando a Aurora, pero estaba vez la empujaba para que diera pasos breves y nerviosos hacia donde estaba Verónica, con lo cual se iban acercando cada vez más hasta que sin darse cuenta, Massimo ya estaba frente a ella, apuntándole con el arma mientras mantenía callada la boca de Aurora.

— Toma tu celular y llama de inmediato a esa amiga de ustedes. Dile que no puede irse con esa maleta, que se devuelva enseguida.
— Yo no voy a llamar a nadie, y menos a Cristina. Estoy brava con ella. Llámala tú si quieres. —Dice Verónica cruzándose de brazos y levantando los labios como un niño al que no le quieren dar helado.
—Mira, pedazo de inutilidad, vas a tomar tu celular y vas a llamar a tu amiga si no quieres que te deje como un colador, lleno de pequeños huecos por todas las balas que te van a atravesar cuando te dispare todas las veces que pueda.
— ¡Está bien! ¡Está bien! —Responde Verónica nerviosa, asustada entre las fuertes palabras de Massimo, quien a su vez le apunta justo en el rostro; todo esto ante la mirada de Aurora que amordazada solo puede abrir sus ojos en señal de profundo terror.

Verónica revisa sus bolsillos y ve que no tiene su celular, cuando intenta dar la vuelta rápidamente para ir hasta la cocina a buscarlo, Massimo dispara al piso y la bala rebota por varias partes del apartamento, rompiendo finalmente una ventana por donde terminó saliendo hasta perderse quién sabe dónde.

Verónica, presa del miedo, se queda inmóvil, pensado que quizás la bala le ha dado a ella o incluso que ha sido Aurora la víctima del disparo. Al voltearse y ver que todo estaba como lo había dejado un par de segundos antes, solo pudo escuchar los sollozos de Aurora y la voz de Massimo cada vez más autoritario y prepotente.

—Mucho cuidado con lo que piensas hacer. Camina lento, despacio, y nosotros te seguimos.

Verónica cumplió las órdenes de Massimo, pero al parecer lo hizo demasiado textual, al pie de la letra, y eso hizo que el hombre en cuestión perdiera la paciencia.

— ¡A ver! Era que caminaras despacio, no que parecieras una tortuga tratando de llegar a la playa. —Reclama Massimo antes de presionarla por la espalda con su arma para que caminara un poco más de prisa.

Entre pasos titubeantes con piernas que no paraban de temblar, Verónica finalmente llegó hasta la cocina mientras Massimo y Aurora iban detrás de ella. Al tomar el celular se da la vuelta hacia Massimo y sin mediar palabras lo mira con gesto de vergüenza.

— ¿Está descargado? –Pegunta él con algo de furia.
—Sí —Responde Verónica muy nerviosa— Pero eso lo podemos solucionar rápido, te juro que, si lo ponemos a cargar aquí, con este…

Verónica no había terminado de sugerir conectar su celular a la corriente de la cocina para que se cargara, cuando Massimo realizó otro disparo que dio en la pared de la cocina, rebotó en el piso y salió por la puerta del patio trasero.

— ¡Tú! ¿Dónde está tu celular? Le pregunta a Aurora luego de empujarla hasta donde estaba Verónica para tenerlas a las dos frente a él, llorando de nervios, angustia y terror.
—Está arriba. —Responde Aurora sin parar de temblar.
— ¡Maldita sea! ¿Están jugando conmigo? ¿Acaso de verdad quieren morir?
Aurora no podía creer lo que estaba pasando, el hombre que había sido tan caballeroso con ellas, el mismo que le había hecho el amor como nadie había podido desde la muerte de Armando, ahora las acosaba, les apuntaba con un arma y amenazaba con asesinarlas, y todo sin motivo aparente, salvo la extraña desaparición de Cristina, que ella no podía comprender debido a que no sabía nada de la discusión que ella y Verónica habían sostenido la noche anterior mientras ella se encontraba con Massimo.

Massimo las mira muy bien, de arriba a abajo, y de inmediato, sin dejar de apuntarlas con su arma, las empuja hasta la sala y luego hasta la salida que da al hangar donde estaban su avioneta y una camioneta similar a la primera que condujo cuando las rescató. Mientras van caminando hasta ese auto, él las va apuntando con su arma por la espalda, y cuando finalmente llegan hasta el vehículo, les ordena que permanezcan inmóviles mientras él abre el maletero para sacar unas cuerdas, unos mecates y adhesivo de embalaje.

—Colóquense una de espaldas a la otra. —Ordena Massimo para que *Las Strong Sisters* obedezcan sin refutación alguna.

Cuando las tuvo como quiso, tomó las cuerdas y las amarró, de modo que parecían una sola persona, para luego cubrirles los labios con la cinta de embalaje, con el cual también le ató las manos y los pies a cada una. Finalmente las tomó con sus propios brazos y las lanzó en el asiento trasero de la camioneta, donde cupieron por muy poco, quedando primero Aurora aplastada por Verónica, para que él luego las girara haciendo que cada una pudiese respirar en paz, quedando Aurora viendo hacia el frente y Verónica hacia el espaldar del asiento.

—Así no solo te quedas calladita, sino que además tampoco tendré que soportar ver tu cara por el espejo. —Dice Massimo a Verónica para luego dirigirse a Aurora— En cambio a ti sí quiero verte, no me molesta tener el reflejo de ese lindo rostro en el retrovisor mientras conduzco.

Massimo se hartó de intentar contactar a Cristina por teléfono, él sabía que la zona donde se encontraba era muy montañosa y que seguramente le habría costado mucho salir de allí caminando, por lo que no debería estar demasiado lejos. Así que, con Verónica y Aurora amarradas en el asiento trasero de su camioneta, salió en busca de la menor de *Las Strong Sisters*, mientras en el camino le iba contando a las otras dos la razón por la que actuaba de esa forma.

— Quiero que sepan algo de antemano: yo no tengo nada en contra de ustedes y no es mentira que Aurora es una mujer maravillosa que siempre me ha gustado. De hecho, hasta podría decir que estoy enamorado de ella, pero también resulta que soy un hombre ambicioso, con los objetivos muy claros que no va a permitir que nada se interponga en su camino.

Aurora lo veía fijamente, con rabia y desprecio a través del espejo, pensando en diferentes maneras de golpearlo si pudiera, mientras Verónica solo pensaba en que tenía hambre y le gustaría poder soltarse las manos para escapar del auto e irse a comer algo.

—Nuestra historia pudo ser distinta, pudimos tener una casa para ambos, pudimos gobernar el mundo si lo hubiéramos querido, pero la verdad solo fue cuestión de mala suerte. No me considero un hombre malo, no soy una mala persona. El problema es que hay prioridades, y en mi caso particular, mis prioridades y mis principios siempre estarán primero que cualquier otra cosa, es algo que deben entender, o no si no quieren, yo solo les cuento, porque a pesar de lo que puedan pensar de mí en este instante, yo sigo siendo un caballero.

Mientras Massimo sigue avanzando, luego de conducir un par de kilómetros por curvas muy pronunciadas en la colina, se detiene frente a un guardia que le hace señas de que pare la marcha, y Aurora comienza a tratar de hacer ruido para que dicho guardia las vea y pueda salvarlas.

—Buenos días, oficial. ¿Cómo está usted? —Pregunta Massimo en tono muy amigable con una gigante sonrisa en su rostro.

El guardia, un sujeto como de cuarenta años, con un pronunciado bigote que le cubría casi medio rostro, sonríe a través de sus lentes oscuros al mismo tiempo que echa un vistazo adentro de la camioneta. El guardia era vigilante de la entrada que conducía hacia un muelle, en una carretera con solo dos caminos, el que él protegía y el que daba hacia las afueras del pequeño pueblo en la colina.

—Yo bien, o por lo menos mejor que ese par de bellezas que llevas en la parte trasera del auto. —Responde el guardia con algo de ironía en sus palabras.

—Bueno, solo una es una belleza, la otra es más bien una ballena. Pero está bien porque estamos en temporada de pesca y caza, de hecho, justo ahorita ando cazando una tercera presa que se me escapó. ¿No la habrá visto usted por aquí caminando?

—Fíjate que ahora que lo dices, anoche pasó justo por aquí una chica caminando con una maleta en mano, una linda muchacha, delgada, sola, a altas horas de la noche. Quise preguntarle a dónde se dirigía, pero parecía que llevaba prisa, así que no la molesté y la dejé en paz. No debe ir muy lejos, si te apresuras puede que la encuentres en el motel que está cerca, si es que se hospedó allí y aún no se ha ido. De verdad no se me ocurre que a esa hora en la que pasó por aquí, llegase más lejos de allí donde te estoy diciendo.

Las Strong Sisters se habían emocionado en un primer momento, ellas creían que el guardia podría ayudarlas, pero resultó que ese vigilante del muelle no era más que un amigo de Massimo, alguien a quien él tenía comprado, un sujeto maligno y sin escrúpulos que podía ser igual o hasta más malvado que él.

—Gracias por la información, oficial. Muy amable de su parte. — Dijo Massimo antes de encender de nuevo su camioneta y luego de darle un billete de cien dólares.

Massimo continuó hasta el motel que le indicaron, y al llegar a la antigua estructura, le pareció un pésimo lugar para pasar la noche.
—Hay que tener muy mal gusto para preferir venir hasta aquí a dormir en esta pocilga teniendo todos los lujos y comodidades que yo les ofrecí en mi apartamento.

Massimo detiene el vehículo, se baja, y al pararse frente al motel ve que el anuncio está muy viejo, la luz ya no enciende, y la fachada se ve casi como si estuviese abandonado por completo. Adentro, una señora de avanzada edad está detrás del mostrador de recepción y se puede notar que hace grandes esfuerzos para con su muy anciana vista, poder apreciar lo que tiene frente a sus ojos.

Massimo se quita sus lentes de sol y entra por la puerta principal, la cual cruje mientras la abre y luego suena aún más cuando la cierra, quedando la madera mal puesta en una puerta que obviamente necesita reemplazo.

—Buenos días, señora. Estoy buscando a una amiga mía que creo se hospedó aquí.
—Buenos días, joven. Debo serle honesta, solo tenemos un huésped en este momento, quizás sea su amiga. Llegó anoche, con tan solo una maleta y caminando.
—Sí, seguramente es ella. ¿Podría decirme su nombre a ver si estamos hablando de la misma persona?
—Ya le digo. —Responde la señora de cabello corto y canoso mientras se coloca sus lentes para luego abrir una gigantesca libreta que tiene frente a ella.

Massimo echa un vistazo a su alrededor y puede notar que, si por afuera el motel se veía anticuado, por dentro parecía toda una casa de terror, y así confirmó que realmente la idea de Cristina fue pésima.

— ¿Su amiga se llama Cristina? Pregunta la señora a Massimo.
— ¡Sí! ¡Ella misma! ¿Podría por favor decirle que aquí está Massimo buscándola para llevarla a donde sea que quiera ir? Si puede, por favor también dígale que estoy solo, que sé que se ha peleado con Aurora y Verónica y por tanto he venido sin ellas.

La señora lo vio con ojos extraños, pero luego se encogió de hombros para caminar hasta la habitación, pero apenas dio un par de pasos, pareció arrepentirse, como desconfiando, y por un instante Massimo creyó que de algún modo su plan estaba en riesgo. Resultó que no fue eso, sino que la señora pensó más bien facilitarle las cosas aún más.

— ¿Por qué no va usted mismo, mejor? Es la habitación número 32, la última a la derecha en el primer piso.

Massimo no podía creer lo que acababa de escuchar, luego de

pensar que las cosas de alguna manera podrían complicarse, terminó siendo todo lo opuesto, todo en realidad resultó mucho más sencillo de lo esperado. Vio a la señora, asintió con la cabeza y con una sonrisa, echó un vistazo hasta la camioneta; se aseguró de que todo estuviese en orden con Aurora y Verónica, y luego dio la espalda a la puerta de entrada del motel para comenzar a subir por las escaleras.

Eran ya las ocho de la mañana, sus pasos eran lentos pero firmes hasta que recordó que existía la posibilidad de que Aurora o tal vez Verónica, fuesen hábiles e intentasen desatarse, y aunque en realidad era poco probable que lo lograran, se veía tan desolado el motel y los alrededores, que podía ser muy sospechosos que una camioneta último modelo estuviese estacionada a orillas de la carretera, en una posada donde por lo visto no llegaba nadie casi nunca.

Habiendo reflexionado un segundo sobre aquello, decidió apresurar un poco su paso antes de que alguna autoridad o alguna patrulla lo considerase sospechoso y se diera cuenta de lo que había en el asiento trasero. Al llegar hasta la puerta de la habitación donde estaba Cristina, pensó en que debió llevar algo de desayuno, porque después de todo, Massimo, por muy malvado o frívolo que se hubiese vuelto en los últimos minutos, nunca dejaría de ser todo un caballero.

Al tocar la puerta pudo escuchar cómo se movieron algunas cosas en el interior de la habitación.

— ¿Quién es? —Preguntó Cristina al otro lado de la puerta. —Si es servicio a la habitación, no he ordenado nada. Y si vienen a limpiar, desearía que por favor regresara más tarde.

Massimo rio un poco, pensando en que era ilógico creer que un motel en esas condiciones ofreciera servicio a la habitación, y ante las palabras de Cristina confirmó sus sospechas de que ella aún estaría acostada, pues el trayecto que recorrió caminando desde su apartamento hasta esa posada debió ser tan agotador como lo extenso que es ese trecho. Massimo volvió a tocar la puerta, esta vez con un poco más de insistencia.

— ¿Quién es? —Volvió a preguntar Cristina, esta vez con algo de molestia en su voz.

Massimo pensó en hablar, pero decidió tocar por tercera y última vez.

— ¿Quién rayos…

Cristina abrió la puerta, y al ver a Massimo, con su particular sonrisa, no pudo evitar sentirse profundamente sorprendida. Lo vio de pies a cabeza, como asustada, con los ojos bien abiertos, como si hubiese sido sorprendida cometiendo alguna fechoría.

— ¡Massimo! ¿Qué haces aquí? Este… yo…
—Eso te pregunto yo a ti. ¿Qué haces en este motel de mala muerte cuando podrías estar relajada, descansando en mi apartamento?
—Es que…
—No hace falta que lo digas. Ya lo sé, te has peleado con tus amigas. Ellas ya me han contado todo. Y la verdad no pienso interferir en tus planes. Solo vine a asegurarme de que estuvieras bien y llevarte a donde sea que necesites ir.

En alguna oportunidad, entre varias conversaciones por chat con Aurora, Massimo había conocido por ella, algunas características de Cristina. Después de todo, él y Aurora habían conversado varias veces y por casualidad surgió el tema de las mujeres independientes y por ende ella terminó poniendo a Cristina de ejemplo. Información de la que Massimo se valió para lograr sus cometidos.

—Aurora me ha contado que te has peleado con ellas…
— ¡Con ellas no! Solo con Verónica…
—Como sea. No te preocupes. Yo estoy aquí para ayudarte.

Aurora también me advirtió que por tu forma de ser seguramente no aceptarías mi ayuda. Pero quiero que sepas que yo no estoy aquí para convencerte de que regreses donde tus amigas. Mi misión aquí es llevarte hasta donde desees ir y asegurarme de que estés bien, sana y salva. Eso le dará tranquilidad a Aurora, y por ende a mí mismo también.

Cristina lo vio con un poco de incredulidad que él mismo notó, así que decidió seguir intentando convencerla.

—Yo no pienso llevarte a mi apartamento. Estoy aquí para llevarte hasta una estación de autobuses que está cerca por acá. No lo suficiente para ir caminando, pero te aseguro que en auto serán apenas unos quince minutos. Una vez allí podrás tomar tu camino hasta donde sea que quieras ir, no deberás aceptar un aventón de nadie, serás tú misma quien elija tu destino. Mira, yo te entiendo, yo también me he peleado con personas cercanas y he querido desaparecer, pero debes recordar que estás viajando con una maleta muy delicada que te puede poner en riesgo. Yo de verdad no tengo ni idea de qué hay dentro de ella, ni me interesa saberlo, pero sí quiero asegurarme de que, si vas a moverte con ella, por lo menos no te expongas demasiado al cargarla por allí a pie.

Ante tales explicaciones, Cristina no pudo más que aceptar que lo que Massimo decía tenía total lógica, y como no le ofrecía resolverle la vida sino solo darle la ayuda que necesitaba para que ella misma tomara su camino, le encantó la idea, más que todo por su carácter feminista e independiente. Así que se animó, le hizo una seña de que la esperara un segundo, y al cabo de un par de minutos salió de la habitación con maleta en mano.

Ambos bajaron por las escaleras, Cristina pasó donde la señora en la recepción a despedirse mientras Massimo muy amablemente se ofreció a cargar él el equipaje de Cristina, es decir, la maleta que ella aún no había podido abrir y donde se encontraba el anillo que tantos problemas les había acarreado a ella y a sus amigas.

Cuando por fin abandonaron el motel para dirigirse al auto, Massimo se aseguró de guardar la maleta en la camioneta antes de que Cristina la abordara y notase que sus amigas estaban amarradas en el asiento trasero. Una vez que la maleta ya estuvo dentro del vehículo, le abrió la puerta, la dejó sentarse en el asiento del copiloto, y activó los seguros de las puertas para dirigirse hasta el asiento del chofer y poder irse del lugar, ahora sí con *Las Strong Sisters* reunidas y con la maleta en su poder.

Pasaron apenas algunos segundos desde que Cristina abordó la camioneta hasta que Massimo ya la hubiera encendido y comenzado a conducir. En ese lapso transcurrieron los segundos suficientes para que Cristina notara lo de Verónica y Aurora, y antes de que comenzara a hacer cualquier tipo de preguntas, Massimo sacó su arma, y siguió conduciendo con ella en una mano apuntando a Cristina mientras con la otra tomaba el volante.

—Debo aclarar varias cosas antes de que comiences con todo un interrogatorio. —Dijo Massimo quien de nuevo se había pasado el interruptor para dejar de ser un apuesto galán tan atento y caballeroso, y convertirse en una especie de matón malhumorado. —Los rusos con los que ustedes se metieron no son ningunos gafos. Ellos tienen todo controlado, todo visto. En apenas unos minutos, después de que tú les robaras la maleta, te rastrearon a ti, y de inmediato dieron con tus cuentas, tus redes sociales y también las de tus amigas y ¿adivina qué encontraron? Que Aurora y yo somos amigos de Facebook. Resulta que yo les debo un favor muy grande, hace poco mi madre necesitaba ser operada de urgencia por cáncer y los únicos capaces de prestarme el dinero que necesitaba, fueron ellos. Podrás imaginar lo costosa que era esa operación como para que yo no pudiera costearla por completo y terminara necesitando ayuda de unos mafiosos rusos. Mientras Massimo hablaba, Cristina no paraba de voltear hacia el asiento trasero, y aunque prestaba mucha atención a sus palabras, la pistola la distraía un poco y la ponía muy nerviosa, además de que seguía sin entender por qué Massimo había cambiado tanto; para ella era increíble que el mismo hombre que les salvó la vida, estuviera ahora haciéndoles esto.

—El caso es que es muy grande el favor que les debo. Tú no sabes nada de la vida, ni tú ni ninguna de tus amigas. ¡Deja de moverte! —Le gritó Massimo a Cristina, apuntándola en el rostro con su arma cuando ella acababa de voltear por enésima vez a ver a Verónica y Aurora —Como te decía: Estos mafiosos, cuando te prestan dinero, no quieren que se los devuelvas, ellos quieren que les pagues con favores, y si no les cumples, te asesinan. Hoy mi madre está muerta, desafortunadamente no sirvió de nada la operación, pero eso a ellos no les interesa, ellos hicieron su parte del trato y ahora yo debo hacer la mía. Resulta que esa maleta que te robaste tiene cosas muy valiosas para ellos, y ya no solo quieren recuperarla, sino que además te quieren a ti con ella; y con respecto a tus amigas, aunque por lo visto no les interesan, tampoco quieren dejar testigos que anden por ahí haciendo preguntas incómodas sobre ti, porque podrían levantar sospechas. Así que te vas a quedar quieta si no quieres que yo haga aquí mismo lo que sé que ellos quieren hacerte, mientras yo tranquilamente realizo una llamada.

Toda la explicación de Massimo les hizo entender a todas lo que estaba sucediendo. Y aunque todo seguía siendo igual de injusto para ellas, por lo menos ya entendían por qué él actuaba de esa forma.

—Tienen que entender, si yo no cumplo mi parte del trato, no solo me matarán a mí, sino también a toda mi familia. No espero que me disculpen, solo que entiendan que ustedes simplemente tuvieron mucha mala suerte, fueron al lugar equivocado en el momento equivocado, pero sí quiero agregar que realmente no debieron robarles esa maleta.

Cuando Massimo dijo eso, Cristina estalló en llanto. Supo que ahora sí parecía inminente su muerte, y sintió una profunda necesidad de pedirles perdón a Aurora y a Verónica por el lío en el que las había metido por culpa de ese bendito anillo.

— ¡Cállate la boca! ¡Un solo sonido más y tus amigas serán salpicadas con restos de tu masa encefálica!

Cristina hizo silencio, siguió llorando sin emitir ruido y sin mirar más que al piso. Massimo sacó el celular de su bolsillo mientras seguía conduciendo con la misma mano con la que sostenía el arma. Como pudo, Massimo realizó una llamada, habló algo en ruso y terminó de conducir hasta el galpón donde los mafiosos ya lo estaban esperando.

Al llegar, Cristina estalla en llanto al ver a los mafiosos, todos esperando dentro del hangar, usando chaquetas de cuero y portando armas largas. Massimo le muestra la pistola a Cristina una vez más, con eso logra que ella haga silencio, y al estacionar la camioneta, uno de los rusos abre la puerta y baja a Cristina a la fuerza mientras otros dos intentan hacer lo propio con el resto de *Las Strong Sisters*, pero el peso de Verónica se los impide, así que optan por terminar desatándolas para que bajen de la camioneta por sus propios medios.

Massimo abre el maletero, saca la maleta y se la entrega a los rusos, hablan algo en el idioma de ellos, le dan a él una joya, y al recibirla él se desentiende de todo y se monta en su avioneta, la cual encendió para luego despegar hacia el resto de su vida y más nunca volver a saber nada de *Las Strong Sisters*. Lo último que alcanzó a ver fue a las tres arrodilladas, abrazándose, rodeadas de mafiosos que les apuntaban en la cabeza.

10. TODO TIENE UN PRECIO

Las Strong Sisters están en apuros una vez más, pero en esta ocasión no parece haber salida. Ya no hay amigos con influencias que las puedan rescatar, el único que podía hacerlo las acaba de traicionar, dejándolas a merced de mafiosos rusos que hablan cosas entre sí que ellas no pueden entender, pero que perfectamente pueden asociar con cuestiones negativas, malignas y hasta diabólicas.

Estando las tres de rodillas, no les queda más que abrazarse entre ellas y suplicar por sus vidas, pero los sujetos que las rodean no parecen hablar español, al menos no la mayoría que mientras ríen y bromean entre ellos en otro idioma, las señalan de manera perversa con algo de lujuria en sus ojos. Verónica puede ver cómo dos de ellos no dejan de observar a Cristina mientras ella solo llora en silencio, enterrando su mirada tal como quizás quisiera estar ella completa, tragada por la tierra, sepultada, en otro mundo o mejor vida, antes de que ellos les hagan lo que sean que quieran hacerles a tres mujeres indefensas, expuestas ante matones que parecen sedientos de venganza por todo el meollo con la maleta.

— ¿Qué demonios quieren y por qué nos miran de esa manera? Ya tienen la bendita maleta, ¿Por qué no se van y nos dejan en paz? – Preguntó Verónica a manera de recriminación a unos rusos que la ignoraron por completo para seguir mirando a Cristina, al mismo tiempo que comentaban algo entre ellos en tono de susurro.
—Cálmate, gordita Para ti también habrá castigo. —Dijo uno de los hombres que se apartó del grupo para dirigirse a Verónica. – En tan solo unos minutos llegará nuestro jefe y decidiremos con cuál de ustedes comenzamos.

El sujeto que le habló a Verónica sí hablaba muy bien el español, pero tenía un acento europeo muy raro que, a pesar del momento y la circunstancia, a Verónica le resultó bastante sexy.

Entre señas, empujones y órdenes en un idioma desconocido, los dos que no dejaban de mirar a Cristina la hicieron colocarse de pie y girar sobre su propio eje; así ellos se deleitaban viendo su figura como quien mira un pollo mientras lo asan, a tan solo minutos de poder comérselo. Cristina levantó la mirada tratando de encontrar a los mismos que atendió en el club, pero no pudo reconocer a ninguno, pues la verdad es que todos lucían similares, muy parecidos los unos a los otros, con porte europeo, nariz y orejas grandes y cabellos lisos de colores claros, como castaño e incluso rubio. Además, vestían también de manera muy similar, los que no portaban chaquetas de cuero, vestían un sobretodo o abrigos en la misma onda.

Mientras aquellos sujetos las rodeaban y se burlaban de ellas, Verónica no paraba de observarlos con detenimiento al mismo tiempo que reflexionó sobre algo:

—Si este fuese mi último minuto de vida, ¿Qué preferiría: comerme un gran trozo de torta o ser follada muy violentamente por alguien con el *look* de estos tipos tan rudos y a la vez tan sexis? ¡Ya sé! Me encantaría ser follada mientras me como un gran trozo de torta, oh sí, eso sí sería morir en paz.

De no ser por estar a punto de morir, Verónica tendría su vulva extremadamente húmeda, pues, a decir verdad, los sujetos que las sometían le resultaban muy sensuales, demasiado atractivos, los típicos chicos malos que enamoran a casi cualquier mujer. Todos se veían jóvenes y fuertes además de tener una apariencia que de un modo u otro resultaría atractiva.

Por su parte, Aurora se mantenía callada, prefería no hablar, no mirar, no hacer nada. Por su mente solo pasaba la idea de que mientras más desapercibida estuviese frente a los ojos de aquellos mafiosos, mejor para ella, pues si ellos se fijaban demasiado en su figura, seguramente querrían violarla o algo por el estilo. En sus pensamientos no le imploraba a ningún dios como lo haría cualquier pasajero a sabiendas de que el avión está a punto de estrellarse, sino que por el contrario más bien le rogaba a la vida, paradójicamente, que su muerte llegara rápido y que fuese lo más indolora posible, para así acabar con tanto sufrimiento y tanta angustia de una vez por todas.

Entre tanto alboroto, Verónica de vez en cuando pegaba uno que otro grito insultando a los mafiosos rusos; y los sollozos de Cristina que no cesaban, apareció desde lejos una camioneta que se dirigía hacia ellos, causando que todos los rusos se alejaran de *Las Strong Sisters* para alinearse juntos, en espera del auto que se avecinaba. Se trataba de una Land Rover plateada, de cauchos inmensos y rines lujosos. El auténtico auto blindado de un líder de la mafia.

Las Strong Sisters notan que en ese automóvil viene el jefe, el patrón, el capo; el líder de todos esos mafiosos, el que les dirá qué hacer con ellas. Por un momento se cruzaron en sus mentes una infinidad de torturas. Verónica se imaginaba que las amarraban a las tres y las violaban en grupo, lo que desde su perspectiva no sería del todo malo, parecería una película porno con actores europeos muy bellos. Aurora por su parte recordaba lo poco que había leído sobre las mafias rusas y sabía que mínimo podrían comenzar por cortarles las manos por haber robado la maleta, sacarles los ojos por haberlos visto a la cara, y cortarles la lengua por atreverse a hablarles e insultarlos como hacía pocos minutos lo había hecho Verónica.

La que no quería levantar la mirada del suelo era Cristina, pero igual también imaginaba cosas terribles. Su mayor miedo era que en cualquier momento la identificaran y decidieran violarla entre todos a manera de castigo. Imaginó cosas muy grotescas al recordar las perversiones que se llevaban a cabo en la mansión de Eddie Mercury, que de forma tan creativa como oscura se convirtieron en recuerdos que se mezclaron con su imaginación, para dar como resultado las más horrendas suposiciones.
Con la camioneta frente a ellas, *Las Strong Sisters* alcanzan a ver cómo una de las puertas de la camioneta es abierta por uno de los rusos, que se acercó hasta el auto exclusivamente para eso, para abrirle la puerta al jefe. Por un momento les extrañó tanta caballerosidad, pero no le dieron importancia al asunto, pues podía tener algo de lógica después de todo. Por muy rudos y maleducados que fueran, seguramente tenían algún código de honor o respeto hacia su jefe.

La primera en bajarse del auto fue una mujer cuyo rostro parecía de hielo a pesar de tener facciones realmente hermosas. Era una rubia con cara de ángel que al mismo tiempo parecía estar de muy mal humor, lo suficiente como para querer matar a alguien, meterlo en una licuadora y darle de tomar ese batido a su perro. Verónica, como buena imprudente que es, no pudo ni quiso disimular su curiosidad, y soltó una pregunta que azotaba las cabezas de las otras *Strong Sisters*, una interrogante que las embargaba a las tres, demostrando que en el fondo ellas eran machistas, aunque no lo supieran.

— ¡Pero bueno! muy bonita la mujer esta, pero díganme, ¿Dónde rayos está el maldito jefe que estamos esperando? ¿Por qué mejor no nos dejan irnos en paz y ya?

Todos los rusos, o al menos los que entendían español, soltaron al unísono una muy estruendosa carcajada que se podría haber escuchado a kilómetros de distancia. El que sí hablaba muy bien el idioma ibérico, el mismo que le había dicho a Verónica que debían esperar por su jefe, se acercó hasta donde estaban las tres amigas para contarles una verdad que no vieron venir.

—Mira, atrevida, nuestro jefe es Osiris y la tienes al frente. Muestra algo más de respeto. Para ti puede parecer algo raro o increíble porque eres una simple mujer insignificante, no has hecho ni la décima parte de todo lo que nuestra señora ha logrado. ¡Haz el favor de callarte de una vez por todas y espera tu sentencia como un corderito que va directo al matadero, porque dudo mucho que tu destino sea diferente!

Las Strong Sisters quedaron perplejas. La hermosa rubia que tenían frente a ellas, la misma que portaba un fino abrigo de piel, era la jefa de tantos hombres tan grandes, rudos y despiadados. Era una especie de Cleopatra rusa que gobernaba un ejército de rubios ardientes.

Con *Las Strong Sisters* sin poder cerrar sus bocas, pero de asombro, esta vez en silencio, anonadadas, en *shock* por lo que estaban viendo; Osiris se fue acercando a ellas poco a poco. Cristina sintió incluso un poco de admiración por el poder de aquella mujer, mientras que Aurora experimentó sentimientos de vergüenza, consciente de que si eso le asombraba, era porque en el fondo ella también era machista.

Tuvo tiempo para pensar por un momento en que ella misma era la prueba de que las mujeres podían triunfar en mundos que parecían ser gobernados por hombres, y ella era un máximo ejemplo de ello, dado al cargo que tenía en la universidad y el puesto que ocupaba en el consejo de dicha institución.

—Vaya, vaya. —Dijo con acento ruso muy sexy la despampanante mujer. –Mira lo que trajo el gato.

Osiris caminó hasta donde estaban *Las Strong Sisters* arrodilladas, y al llegar ante ellas, por alguna razón le impresionó la presencia de Cristina, era como si le sorprendiera verla allí, como si la conociera de algún otro lugar. Cristina levantó la mirada, no dejaba de verla con cara de hipnotizada, al mismo tiempo que se preguntaba a sí misma, de dónde la conocía.

—A juzgar por tu mirada, y por lo muy drogada que estabas esa noche, creo que no me recuerdas en lo absoluto, lo cual es una verdadera lástima. Pero eso no me causa tanta tristeza como saber que fuiste tú quien robó mi maleta con mis joyas. ¿De verdad necesitabas hacer eso, pequeña? Conmigo habrías tenido el mundo a tus pies si lo hubieras querido. ¿Por qué hiciste eso, pequeña muñeca latina? Dime, ¿Por qué alguien tan bella y especial como tú, haría algo como eso?
Cristina no entendía nada, pero sí le resultaba familiar el hermoso rostro de Osiris, sin embargo, asumía o creía que, si la había visto antes, habría sido en alguna revista de modas o en algún comercial de televisión donde ella fuese la modelo. Sus labios rojos, su cabello rubio y sus ojos azules, hacían de Osiris una verdadera diosa del Olimpo.

—Sí, definitivamente no me recuerdas. ¡Qué decepción! —Le decía Osiris a Cristina en un tono que combinaba decepción con ternura. Osiris no parecía ser tan despiadada como sus matones, o quizás solo era alguna especie de fascinación que tenía por Cristina que le hacía ser condescendiente con ella. –Pero por favor, cuéntame. ¿Por qué has robado mi maleta con mis joyas?

Dame una razón para que esta película no termine como merece.

—La verdad no creo conocerte, quizás me estás confundiendo con alguien más. —Pudo responder Cristina cuando recuperó el aliento. —Pero sí, fui yo quien robó esa maleta. Lo que sucede es que dentro de ella está un anillo que me pertenece, y no se me ocurrió otra manera de recuperarlo. Estamos muy arrepentidas, mis amigas no tienen la culpa. Por favor no nos mates, o no a mis amigas. Deja que ellas se vayan, ellas no tienen la culpa de lo que yo hice, deja que ellas se vayan y haz conmigo lo que quieras.

— ¿Segura? ¿Lo que yo quiera? —Preguntó Osiris dejando aflorar picardía en su comentario.

— ¡Ya va! ¿Cómo que estaba muy drogada? Cristina si acaso es capaz de tomarse unas cervezas y hay que amenazarla de muerte para que se beba un shot de tequila. ¡La cristina que conozco, jamás se drogaría! —Intervino Verónica indignada, como si de alguna manera eso pudiera salvarles la vida.

—A ver, sé que ustedes no han de recordar nada. Por lo tanto yo tendré que contarles las partes que se perdieron de esta película. Sin tener a la mano cotufas y lentes fotocromáticos, tanto los rusos como *Las Strong Sisters* se instalaron a escuchar con atención lo que Osiris les iba a contar, como si se tratase del estreno de una ansiada película de cine.

—Yo llevé a estos perros a que se divirtieran en la mansión de Eddie, siempre lo hago cada cierto tiempo para que se relajen y se sientan como empleados muy bien tratados, o también como premio por algún trabajo muy bien hecho. Esa noche conocí a esta belleza tropical que se dispuso a complacerlos a todos ella sola — Dice señalando a Cristina—Contrario a lo que puedan creer, ella en realidad no tuvo sexo con todos ellos, solo les bailó muy sensualmente y luego hizo pasar a varias prostitutas, siendo algo así como una especie de coreógrafa de orgías. Cuando la vi tan sensual, tan libre, tan ella; no pude evitar enamorarme y le ofrecí venirse a solas conmigo. Ella no se atrevió nunca a darme tan siquiera un beso, me confesó que jamás había estado con alguien y me habló de tantas cosas que me terminaron de hechizar. Esta belleza me habló de la vida, del mundo, de las injusticias femeninas. Pagaría una fortuna por solamente volver a conversar contigo como lo hicimos esa noche, preciosa muñeca latina.

Aurora y Verónica tienen la boca abierta al punto de que sus quijadas parecen a punto de tocar el suelo. Están impactadas con todo lo que Osiris acaba de decir sobre Cristina. Los mafiosos en su mayoría solo guardan silencio, escuchando con atención y respeto a su jefa.

—Ahora, respecto a estar drogada, pues eso es algo que me sorprende bastante viniendo de ti, me parece cínico —Dice Osiris ahora dirigiéndose a Verónica— Tú fuiste quien la drogó, por ti es que ella hizo lo que hizo esa noche, aunque no te quiero juzgar, porque en parte la ayudaste a explorar una parte de sí misma que seguramente no se había atrevido siquiera a ver antes.
Ahora es Aurora la que no puede creer lo que escucha, mientras Verónica se muestra incrédula e indignada al mismo tiempo que Cristina solo puede mostrar un rostro muy sonrojado, típico de cuando la halagan.
—Y cuando digo que es tu culpa que ella haya estado drogada esa noche, es porque no fue solo ella, tú también lo estabas, y por supuesto que también lo estaba la amiga silenciosa que no ha querido opinar nada hoy —Señalando ahora a Aurora— Pero como te dije antes, no te culpo del todo y comprendo que no lo recuerdes.
Las Strong Sisters se miran entre sí, no pueden creer lo que Osiris les está diciendo pero con tantos detalles tan precisos, seguramente decía la verdad.

— ¿Quieren saber de dónde salió la droga que consumieron? Pues se la robaron sin querer a un muchacho tonto en un bar, y fue todo por obra y gracia de esta gordita. Un miserable joven estaba dispuesto a tomarse varios shots de tequila don Zilodanol diluido, una droga que conozco muy bien porque soy la única que la distribuye en todo el país. El pobre se iba tomar su coctel, y ella le robó los tragos y se los dio a ustedes. Lo sé porque él es cliente mío, y por casualidad conversábamos sobre malos ratos cuando me contó sobre lo sucedido en aquel bar. Corríjanme si me equivoco. ¿Acaso recuerdan algo más después de aquellos tragos?

Aurora le devuelve a Verónica la misma mirada que cuando Eddie les contó lo que hicieron en su mansión, pero Osiris las interrumpe antes de que de nuevo las invada el deseo de golpear a la más pesada de *Las Strong Sisters*.

—De no ser por eso, ustedes no habrían experimentado lo que en el fondo deseaban vivir, y aunque hoy se arrepientan o se avergüencen, déjenme decirles que seguramente valió la pena. Ahora, ¿Cuál es el problema en toda esta situación? Que la maleta que se robaron no solo no tiene el anillo que buscan —Dice Osiris mostrando su dedo medio donde lleva puesto el anillo de Cristina— sino que además lo que realmente contenía era el Zilodanol que debía venderle a un muy especial cliente. Por eso debí tratar de recuperar mi mercancía al precio que fuera.

Las Strong Sisters siguen escuchando con atención, sorprendidas, pero al mismo tiempo con algo de alivio al poder entender a qué se debió tanto enredo, justo cuando Osiris se arrodilla frente a Cristina.

—Yo no soy un ángel ni pretendo serlo, pero tenerte a ti frente a mí de nuevo es todo un regalo de los dioses. Aún conservo tu anillo, quise que me dieras tu número, pero no lo hiciste, así que quedándome con él supuse que de algún modo tratarías de recuperarlo y esa sería mi oportunidad de verte de nuevo. Lo que no esperaba es que lo intentaras de esta manera. Sé lo valioso que es para ti, me lo contaste en la habitación donde estuvimos a solas en la que no pasó más nada. Pero hoy que te tengo de nuevo frente a mí, como buena comerciante que soy, debo decirte que te lo puedo regresar, pero a cambio deberán hacerme algunos favores para saldar todas las molestias ocasionadas. Comprenderán que es un código interno que tenemos y que no puedo saltarme, mucho menos frente a mis muchachos.

—Está bien. Tienes razón. Haremos lo que pidas. —Respondió Cristina luego de toda la explicación que Osiris les ofreció.

—No me digas así que despiertas mi lado salvaje. —Expuso Osiris con una sonrisa traviesa.

Las Strong Sisters se miraron entre sí, aliviadas y felices de que podrían salir con vida una vez más, y aparentemente de una vez por todas se podrían olvidar de tanto enredo. Sin embargo, la nube de la duda se posaba sobre Aurora, quien siendo la más conservadora, se preocupaba por la penitencia que Osiris pudiera obligarles a cumplir.

—Bien, Cristina se viene conmigo mientras ustedes dos irán a donde mis hombres les digan, y harán lo que ellos les ordenen, tal y como ellos se los pidan.

Osiris tomó de la mano a Cristina y la llevó hasta su camioneta, donde ambas se fueron sin decir a dónde. Mientras que Verónica y Aurora palidecieron al imaginar lo que podría esperarles.

—Ya va, si me van a follar entre todos quiero que por lo menos alguien lo grabe. ¿Sí?

Las palabras de Verónica le causaron mucha risa al único que hablaba español de los mafiosos que se quedaron.

—Nada de eso, iremos a que realicen ciertos favores que la jefa debe a otros colegas de ella.

Y así, con esas palabras, los mafiosos llevaron a Verónica a vestirse de manera sexy y ridícula al mismo tiempo, para que hiciera un *show* de *striptease* en un hospital geriátrico, donde la verdad el espectáculo debía ser un poco gracioso, algo que ella, queriendo o no, supo lograr a la perfección.

Por su parte, Aurora debió grabar, usando un antifaz para proteger su rostro, un video educativo donde muestra en tiempo real cómo debe colocarse un condón. El afortunado que se prestó para ser el pene modelo del video, fue uno de los empleados de

Osiris, el mismo que aún sueña con las manos de Aurora deslizando el profiláctico por su miembro.

Al día siguiente, Verónica y Aurora están sentadas en el mismo café donde se reencontraron hace apenas unos días, antes de todo el enredo en el que resultó esa salida de amigas que tenían años sin verse, y una vez más, al igual que en aquella ocasión, esperaban por Cristina, quien ya iba en camino.

Al llegar, Verónica y Aurora pudieron notar que ella acababa de bajarse de la camioneta de Osiris, pero con un codazo en el estómago Aurora le hizo saber a la asesina serial de tortas, que mejor no emitiese comentarios al respecto.

—No tienen que disimular, amigas. Sé que les intriga que haya llegado en el auto de Osiris. Desde anoche estoy con ella. Seré breve porque vengo a despedirme. La he convencido de que nos vayamos a ciertas cumbres internacionales a apoyar las causas feministas. Sé que suena raro, pero nadie mejor que ella, que ha logrado triunfar en un mercado negro lleno de hombres, para aportar motivación a este tipo de movimientos, además de que de algún modo le recompensa a la humanidad las cosas terribles que ha hecho.

Aurora y Verónica se encogen de hombros, sonríen al ver a su amiga verdaderamente feliz, haciendo algo que le apasiona al lado de alguien que la adora y la apoya incondicionalmente.

— Antes de irme quiero agradecerles por todo, por ser tan especiales conmigo y por enseñarme tantas cosas de la vida y de mí misma que ni yo conocía. Y a ti Verónica, quiero pedirte disculpas por las cosas que dije, no fui yo quien habló sino la rabia y la impotencia de no haber sido capaz de salir, por mí misma, de este problema en el que me metí. En serio, perdóname.
—No voy a llorar. No voy a llorar. No voy a… ¡bah! Ven, dame un abrazo. —Dijo Verónica derramando lágrimas de reconciliación y nostalgia mientras abrazaba a Cristina, para que

luego Aurora se les uniera.

Luego del abrazo, cada una secó sus propias lágrimas y se separaron de nuevo, para verse una vez más quién sabe cuándo.

—Que te vaya bien, amiga. Esperamos que triunfes a donde sea que vayas y no nos olvides. —Fueron las palabras de Aurora antes de que Cristina abordara la camioneta de Osiris para irse con ella hasta el fin del mundo.

Desde esa mañana, *Las Strong Sisters* no se han vuelto a reunir, aunque crearon un grupo de *WhatsApp* donde diariamente se envían fotos de lo que cada una está haciendo. Actualmente Cristina está participando en un congreso en Brasil sobre los derechos de la mujer. Verónica se reencontró con Miguel, aquel delgado chico que fue su cliente en la Mansión de Eddie. Ambos abrieron una tienda de repostería con el dinero que ella recibió finalmente por su divorcio, mientras que Aurora siguió siendo profesora del más alto nivel, solo que ahora también se dedica anónimamente a un canal que abrió en YouTube, donde da consejos sexuales usando un antifaz para proteger su identidad. En dicha red social se hace llamar *"La Profsexora"*.

~*Fin*~

131

OTROS LIBROS:

Ese Pervertido y Yo

Un extraño, para nada de su tipo, hace que Esther viva las experiencias más eróticas de su vida. Lo extraño es, que ese extraño, no es tan extraño como ella pensaba.

Bellaka Plus

Julia, una mujer exitosa y adicta al sexo, acude a un reconocido psicólogo para solicitarle ayuda con un caso nunca antes visto en su carrera. A lo largo de la terapia, Julia descubre que la razón principal por la que ha acudido a consulta no es la única cosa de su vida que debe ser sanada. Mientras, su psicólogo descubre que tiene más implicaciones en el caso de su paciente de lo que inicialmente imaginó.

Travesuras en el trabajo

¿Quién diría que hay tanto sexo a escondidas en lugares de trabajo? Margaret trabaja como editora de artículos de una revista. Cuando un compañero de trabajo le pide ayuda para seguirle la pista a un misterioso adinerado, Maggie tendrá que salir de la comodidad de su oficina y entrelazarse con una serie de situaciones y personajes, todos relacionados con un mundo sexual esotérico, tan abierto a los demás y tan inalcanzable para ella.

Puta a los 40+

Luego de pasar 47 años bajo la sombra de un modelo de vida conservador que le obligaba a mantener celibato, y tras comenzar una vida nueva lejos de la presión familiar, Elena Casañas decide que es momento de comenzar a hacer las cosas diferentes. En el camino, se encuentra con nuevas formas de disfrutar de sí misma, forma lazos personales imborrables y descubre todas las cosas buenas que el sexo había estado preparando para ella. Pero, también se da cuenta de los choques personales que puede generar un cambio de paradigma, mientras todavía aprende a lidiar con lo que significa su nueva vida.

Puta y Perfecta

Dos hermanas emprenden un viaje para conocer secretos sobre la sensualidad y los placeres de la vida, aprender a ser unas diosas en la cama. Pero una de ellas tenía motivos ulteriores y a medida que va avanzando la trama, más cerca estaba de lograr su cometido.

Ponte en Cuatro y Relax...

Una maestra de yoga tiene un talento especial para trabajar con problemas de amor. Pero ese talento le está causando problemas a nivel psicológico, romántico y sexual... quizás ya es muy tarde para resolver.

Puta Plus

Érica, una chica con problemas de sobrepeso, comienza un proceso de transformación. Durante el trayecto, comienza a experimentar con su sexualidad, pero debía trabajar con ella misma, más de lo que pensaba.

Perla Gizem

Puta Plus

Puta por Siempre

El matrimonio de Frances era "perfecto" ante la sociedad, hasta que un buen día todo se derrumbó. Entonces, decidió dejar atrás tabúes y cadenas auto-impuestas para emprender nuevas aventuras.

Perla Gizem

Puta por Siempre